死んだ木村を上演

金子玲介

2024.1.9 Tue 14:00

Reisuke Kaneko
perform Kimura
the Departed

全席自由

講談社

死んだ木村を上演

13:06

ベルが鳴り、ホームを離れる。

新幹線の駅を出て、庭田《にわた》は高架下の通路を歩く。冷たい風が、音を立てて吹く。だだっ広いロータリーと、須央線《すおうせん》の小さな駅が見えてくる。

建物は少なく、景色の大半を空が占める。一面をくすんだ白が覆《おお》い、青空はこれっぽっちも見えない。

庭田は重たい足取りで、須央線の改札をくぐる。

自販機すらないホームに立ち、腕時計に目を落とす。頭上の発車案内板を見る。時計に目を戻す。大学時代から付けている、ぺらぺらの、千円で買ったような腕時計。

ホームの端《はし》まで歩き、木製のベンチに座る。くたびれた茶色いボストンバッグを脇《わき》に置く。ジーンズのポケットから、窮屈そうにスマートフォンを抜き取る。どこか不安そうな顔で、画面に指を滑《すべ》らせる。

「庭田くん？」

庭田は肩をびくつかせ、顔を上げる。

「庭田くんじゃん！　庭田くんだよね？　謎《なぞ》に髪赤いけど！」

美しい小顔を覆う、濃いグレーのマスク。

「うわ庭田くんだ。懐《なつ》かし」

鼈甲柄《べっこうがら》の、大きな丸眼鏡《めがね》。

「めっちゃ庭田くん。庭田くんでしかない」

「……咲《さく》、本《もと》？」

滑りの悪い声が、マスク越しにも分かるくらい、派手に笑う。「覚えてる？」

「そだよ」咲本が、庭田の喉《のど》をせり上がる。

「……覚えてる？　テレビつけたら出てんのに、覚えてるとかそんなん、というか、」

「まぁまぁまぁいいじゃん今日はそういう話は」咲本は庭田の言葉を遮《さえぎ》る。つぶらで大きな瞳《ひとみ》で、じいっと庭田の目を見つめ「ここいるってことはさ、あの脅迫状、庭田くんにも届いたんだよね？」

庭田は半端《はんぱ》に口を開け、咲本の目を、しばし見返す。

「届いたんだよね？　脅迫状」咲本は瞳をいっさい動かさず、言葉を重ね「ほら、脅迫状。ＤＭで」

「……あぁ」庭田は絞り出すように口にする。「なんなんだろうな、あれ」

「びびったよねぇ」咲本は庭田の隣に座る。黒いチェスターコートの裾《すそ》が、庭田のジーンズを掠《かす》める。「『誰が木村《きむら》を殺したのか、八年前の真実を知りたければ、２０２４年1月9日14時、雛月《ひなつき》温泉の宿・極楽《ごくらく》へ来い。』ってさ。怖すぎ」諳《そら》んじて、肩を竦《すく》め、袖《そで》のベルトを心細そうに弄《いじ》り「なんか捨《す》て垢《あか》から送られてきたけど、あれ絶対、うちらの誰かだよね」キャリーケースの持ち手を、しゅっと縮め「もしや庭田くん？」

「なんでおれ？」庭田の声が裏返り「おれなわけなくね？」

「えー違うのかぁ」咲本は抑揚《よくよう》を付けず言い「あっ、てことはじゃあ、」きょろきょろと周囲を見回し「井波《いば》くんか、芽以《めい》ちゃん？」

「……いや、」庭田の顔が強張《こわば》る。「そんな、」上体をひねり、改札のほうをちらっと見てから、咲本に向き直り「そんなこと、井波も羽鳥《はとり》もしないだろ。絶対」

「んー、でもさぁ、」咲本は宙に浮いた足をぶらつかせる。ヒールの低いパンプスの爪先《つまさき》に、雪の結晶のような飾りが付いている。「あの合宿いたの、わたしと、庭田くんと、井波くんと、芽以ちゃんだけじゃん？」

庭田は声を発さず、揺れる咲本の靴を見ている。

「あと木村くん。木村くん入れて、五人」

「……だな」

「『八年前の真実』とか言ってるってことは、あの合宿にいた人ってことでしょ？　だって一月九日って、ちょうどあの日だよね？　八年前の、卒業公演の合宿。一月九日からだったよね？」

「あぁ」

「自殺だったんだよね？」

爪先が、地面に接し、ぴたりと止まる。

「警察の人もそう言ってたもんね？」代わりに声が揺れる。「木村くん、自殺だったんだよね？　誰かに殺されたなんて、そんなわけないじゃんね？」

「あぁ」

庭田は言う。

「木村は自殺だよ」

「だよね。そうだよね」踵《かかと》も地面に付け、両足を揃《そろ》える。「うん、おかしいもんね。殺されたなんて」

「井波と羽鳥にも、脅迫状届いてんのかな」

「たぶんねぇ」咲本は語尾を伸ばし「だって、わたしと庭田くんに届いて、井波くんと芽以ちゃんに届いてなかったら、変じゃん」

「まぁな」

「ま、出した側かもだけど」

「……あぁ、な」

咲本はまた辺りをぐるりと見て「売店でも寄ってるのかも。けっこう時間あるし」

「あー、そうね、」庭田は腕時計を見て「まだあと十分ある。三十分の電車だから」

「なんか、田舎《いなか》の電車の乗り換えって、半端に時間空くよね」

「田舎がというより、都会の電車の間隔が、やたら短いんじゃね？」

「あー、まー、そっか」咲本は低い声音で応じ「あれか、山手線《やまのてせん》とかが、異常なのか」

「咲本電車とか乗んの？」

「乗るよ。たまに」

「基本タクシーじゃねぇの？」

「タクシーも多いけど」

「へぇすげぇ」

「すごくないでしょ、別に。大人なんだから。会社で働いてたって乗るでしょ」

「乗んねぇなぁ。おれは」

「……まぁ業種によるかもだけど」

「来んのかな、あいつら」

「来ないかな？」

「いきなりあんなん届いて、行こうって思うんかな」

「でも来たじゃん。庭田くんは」

「おれは、まぁ、」庭田は決まり悪そうに「暇だから」

「暇だから来たの？」咲本が鋭く問い返す。「暇だからって、わざわざ、こんな遠くまで、来る？」

「や、まぁでも、忙しかったら来れないだろ。こんな、一週間前にいきなり言われてさ」

「わたしは来たよ。クソ忙しいけど。マネージャーさんに頼み込んで、土下座して、まじ無理やり空けてもらって来たよ」

「……あぁ」

「庭田くんも、別に暇じゃないでしょ？　続けてんでしょ？　俳優」

「まぁ」庭田は赤い髪の襟足を触り「でも、おれは別に、ちっちゃい舞台だから。咲本と違って」

「ちっちゃいとか関係ないじゃん。仕事は仕事じゃん」

「や、別に舞台で食えてねぇし、夜も稽古《けいこ》だったけど休めたし、むしろ昼のバイトのがシフト穴あけんのかとか店長にキレられてダルかったし」

「へぇ」咲本は薄く相槌《あいづち》を打つ。「そか」

電車はまだ来ない。

線路の向こうに、雪を被《かぶ》った畑が広がっている。

「おれ、いま、咲本寧々《ねね》としゃべってんだな」

「……何、急に」咲本の顔が引きつる。「そうだよ。咲本寧々だよ。ずっと。大学のときから。なんなら赤ちゃんのときから」

「そうだけどさ、でも、咲本寧々よ？　あの咲本寧々。大学のときはふつうにしゃべってたけどさ、いま、咲本とおれが話せてんの、なんか奇跡だわ」

「……同期じゃん。ふつうに。しゃべるでしょ、そりゃ」

「でも八年ぶりよ？　ずっと会ってなかったし。すっげぇ久々。いやぁ、八年の間に、すっかりスターになっちゃって」

「スターじゃないから全然」

「ドラマ、観《み》たよ。陶芸のやつ」

「へぇ」硬い声で「ありがと」

「オールナイトニッポンも聴いてた」

「ありがとう。一瞬で終わったけどね。一年で」

「CMも観てる。ビールと、あの、ほら、電車でよく流れてる、」

「あぁ、うん、あれね、名刺管理ソフトの」

「そうそう。他《ほか》にもいろいろ出てるよな？」庭田は表情を緩《ゆる》め「すげぇなぁ。咲本。ほんとすげぇよ。まさか劇研の同期が、こんな芸能人なると思わなかったわ。まーじですげぇ。お「やめて」

咲本の言葉が、庭田の声を断ち切る。

「今日、そういうこと言われたくて来たわけじゃないから」

パンプスが撓《たわ》み、爪先でぐりぐりと、地面を擦る。

「木村くんのこと、はっきりさせたくて、来ただけだから」

メロディが鳴り、アナウンスが響く。「わたし、」空気を裂くような音を立て、四両編成の電車が到着する。咲本の声は掻《か》き消《け》される。

ドアが開く。

キャリーケースの持ち手を伸ばしながら、咲本が立ち上がる。

「行こっか！」

キャスターが地面を打ちつけて転がる音が、けたたましく響く。

庭田はボストンバッグを肩に掛け、ホームと車両の隙間《すきま》を跨《また》ぐ。

13：14

新幹線ホームのベンチで、羽鳥は項垂《うなだ》れ、身体《からだ》を丸くしている。

両耳をすっぽりと覆うヘッドフォンを付け、虚《うつ》ろな目で、ぶつぶつと何か唱えている。

井波は少し離れた位置から、それを眺《なが》めている。

そろそろと歩み寄り、羽鳥のヘッドフォンを外す。

「くぇっ⁉︎」

羽鳥は素《す》っ頓狂《とんきょう》な声を上げ、上半身を起こし、首をかくかくと振り、ずれた眼鏡を戻し、井波に視線を送る。

「行かねぇの？」

羽鳥は勢いよく立ち上がり、逃げるように後ずさるも、ベンチの角にふくらはぎを強打し「っつ！」その場にうずくまる。「つー」

「……大丈夫かよ」

井波は心配そうに、羽鳥を見下ろす。

「大丈夫、じゃない」そのままの姿勢で、羽鳥が答える。

「……病院行くか？」

「……そこまで痛くない」羽鳥はゆっくりと立ち上がり、ベンチに座り直す。デニムに包まれたふくらはぎをさすり「助かった。生地《きじ》、厚くて」

「ならいいけど」井波は困惑したような、笑いをこらえるような、どっちつかずの表情をして、羽鳥の隣に座る。「ほぼ八年ぶりだな」

「あー、うん、そうね」井波の顔を見ず、羽鳥は返す。「八年、か」

「卒業してからはもう、会ってなかったもんな？」

「うん。そう」

「会いづらかったよな。なんか」

「そうね」

「元気してた？」

「……まぁ」

「そっか」井波は苦笑し「まぁ、俺も俺で、どうにか」

羽鳥は地面の一点を見つめている。

井波はヘッドフォンを差し出しかけ、ふと思いついたように、自分の右耳にイヤーパッドをかざし「いやなんも聴いてねぇじゃん」数秒考え「いや、違うか、止めたのか」

「聴いてない。最初から」

「あ、やっぱ？　……なんで？」

「ただの鎧《よろい》だから」

「え、どういうあれ」

「話しかけるなっていう、ただの鎧だから。盾だから」

「……あー」

「返して」

「あぁごめん」

井波から手渡されたヘッドフォンを、羽鳥は大きめのトートバッグにしまう。

「行かねぇの？」

改めて、井波が口にする。

羽鳥は井波を、おそるおそる見る。答えず、また目を逸《そ》らす。

「ずっとここいんじゃん。さっきから。あんま時間ないし、もう行かね？」

羽鳥は答えない。

「ここまで来たんだからさ。行かね？　一緒に」

「……新幹線乗って、降りたはいいけど、」口ごもり「ちょっともう、帰ろうかなって」

「なんでだよ。帰んなよ」

「いや、」

「来たんだろ？　脅迫状。羽鳥さんにも」

「まぁ」

羽鳥が緊張を緩めたように、ふっ、と息を漏らす。「まぁ脅迫状ってい「脅迫状だろ、あれは」井波が語気を強め、羽鳥の声に被さる。腰をひねり、はっきりと羽鳥に正対し、両肩を摑む。羽鳥はびくっと震え、井波を見る。視線がぶつかってから、井波は手を離し『誰が木村を殺したのか、八年前の真実を知りたければ、来い』とかさ。あんなん受け取ったの人生初だわ。まじであるんだなこういうの」井波はぶつけた視線を押し進め、瞳に組み付くように、羽鳥を見つめ「羽鳥さんもさ、八年前の合宿のこと、ずっと引っ掛かってるから今日来たんじゃねぇの？ここまで来たなら、行くべきだろ。ダメだろ行かなきゃ」

羽鳥は緊張を取り戻し、無言で井波を見つめ返す。「そうだよね」かすかな声が吐《は》き出《だ》される。「ダメだよね。行かなきゃ」

「つーかまじ時間ねぇ」井波が立ち上がる。「行こう」

羽鳥は座ったまま、井波を見上げている。

「いやまじで。須央線三十分に出ちゃうから」井波が高級そうな腕時計に目を落とし「もう行く。間に合わん」

井波はベンチを離れ、エスカレーターのほうへすたすた歩く。羽鳥も立ち上がり、追いかける。

改札を抜け、駅を出る。

高架下の通路を、早足で進む。

「というか咲本さんと庭田くんはどこ」せっせと歩きながら、羽鳥が問う。

「先行ったんじゃん？」井波もせっせと歩きながら返す。

「見た？」

「見てない」

「ほんとにみんな来るの」

「来るんじゃゃね？」

「でも八年会ってなかったんだよ？　咲本さんにも庭田くんにも、私ずっと会ってなかった」

「俺もそうだよ。庭田も咲ちゃんも、卒業ぶり。八年ぶり」

「それでそんな、いきなり集まる？　平日の昼に、こんな場所に」

「集まるっしょ。あんなん届いたら」

須央線の駅舎が見え、電車がホームに滑り込む音が聞こえる。

「もう来てる」

羽鳥が駆け出し、井波も続く。

慌てて改札をくぐり、いちばん近いドアから電車に乗る。すぐに発車する。

二人とも息が切れている。

「最近さ、」井波がぜえはあと呼吸しながら「ちょっと、走るだけで、こう、なるんだよな」

「そうね、私も」羽鳥も息が荒い。「運動、してないから、普段」

「もう、三十だもんな。俺ら」

「だよね、もう、若くは、ないよね」

「若く、なくは、ないだろ」

「いや、でも、もう、二十代みたいな、あの感じは、ないでしょ」

「まぁ、な」

呼吸が落ち着いてくる。

「庭田と咲ちゃん、別の車両かな」

「かもね。もっと奥かも」

「岸田《きしだ》戯曲《ぎきょく》賞《しょう》、おめでとう」

羽鳥が固まる。

「……知ってたの？」

　こわごわと返す。

「服部冥《はっとりめい》先生っしょ？　知ってるに決まってんじゃん。インタビューで顔出てたし」

「え、あ、」口をぱくぱくと動かし「あー」目が泳ぐ。

「すげぇよな。まじで」

「いや、まぁ、でも、」羽鳥は吊《つ》り革《かわ》をぎゅっと掴み「岸田賞なんて、ふつうの人誰も知らないし、」

「演劇やってるやつは全員知ってんじゃん」

「それはそうなんだけど、」

「演劇界の芥川賞《あくたがわしょう》とか、よく言われてんじゃん」

「言われてるけど」

「まじでおめでとう」

「それは、うん、ありがとう」羽鳥の声が掠れ「でももう、二年も前のことだし、」

「よりすげぇじゃん。二十八で獲《と》ってるわけっしょ？」

「……まぁ、」

「羽鳥さん、やっぱ才能あったんだな。いやぁ、すげぇわ」井波の声が弾み「うちの劇研から、岸田賞作家出るとは思わんかった」

「でも咲本さんのがすごいでしょ」羽鳥が素早く言い返す。「どう考えても」

「咲ちゃんは咲ちゃんですげぇけど、それはまた、ぜんぜん別じゃん」

「咲本さんのことはみんな知ってるけど、」声が、角張って響き「私のことなんて、誰も知らないし」

「そんなことないだろ」

「そんなことある。岸田戯曲賞なんて、演劇やってる人しか知らない」

「あんま卑下すんなよ」井波の表情が、うすく陰《かげ》り「まじですげぇんだから」

「卑下してない。事実を言ってるだけ」

「いや感覚変だって。岸田賞めっちゃすげぇから。それに咲ちゃんはテレビとか出まくりだけど、羽鳥さんと違って、賞とか獲ってねぇわけじゃん。なんなら羽鳥さんのが上じゃね？」

羽鳥の顔が、一瞬、内と外の両側から引っ張られるように歪《ゆが》む。

「……それはない。どっちが上とか、ない。ないというか、ふつうに、咲本さん。岸田賞だって別に、たまたま獲れただけだし」

「たまたまじゃ獲れねぇっしょ」井波の口から、唾《つば》が飛び「てか忙しいんじゃねぇの？　稽古とか。二月にまた公演やるらしいじゃん。今日よく来れたね」

「今日は稽古、休みだったから」羽鳥は無表情で答える。「井波くんは働いてるんでしょ？　よく休めたね」

「あー、うん、」井波の声が、わずかに萎《しぼ》み「急だったけど、上司に頼み込んで、どうにか」

「そうなんだ」

「あぁ。言ってみるもんだわ」

「もう演劇はやってないの？　社会人劇団とか」

「やってねぇなぁ」井波は吊り革にぐっと体重を預け、へにゃりと笑い「忙しすぎて、そんな暇なかったわ」

「そうなんだ」

「うん」

「うちの芝居、もしかして観に来てくれてた？」

「あー、配信は、一回」

「配信かぁ」

「だめ？　配信」

「いいけど、ありがとうだけど、やっぱ劇場で観てもらうほうが」

「……そりゃそうかもだけど。ごめんね」

「いやいや、ぜんぜん。どれ観てくれたの？」

「あー、なんか、誘拐犯のやつ」

「『血《ち》が出《で》なくなるまで』ね。岸田獲る前の」

「そう、それ。おもろかったわ」

「ありがとう」羽鳥は縮こまり、首を小さく前に倒す。

「んー、なんかね、劇場も行きたいんだけどね」井波は吊り革を揺らし、難しい顔を作り「木村のこともあったし、ちょい、行きづらくて」

「……だよね」

窓の外を、雪化粧した山々が通り過ぎる。

「なんなんだろうな。『八年前の真実』って」井波が口にする。

羽鳥は車窓を見つめ、黙っている。

「二月の公演、行きたいんだけどね」

13：49

咲本と庭田は雛月温泉駅の改札を抜け、エレベーターで地上に降りる。ごろごろとキャリーケースの音を響かせ進むと、噴水が見えてくる。

「写真撮ったよね。ここで」

咲本が言う。

「ん？」

庭田が振り返る。

「撮ったじゃん。みんなで」

「あぁ」庭田が低く返し「撮ったっけ」

「撮ったよ〜。覚えてないの〜？」

「まぁ、なんとなく」

「えーほら、この、噴水の前でさ、木村くんが、せっかくだからみんなで写真撮ろうとか言って、」

「あぁ」

「それで、そうだ、わたしが自撮り棒出そうとして、ほら流行《はや》ってたじゃんあの頃、自撮り棒。でもおっきい荷物のほう入れちゃってて、取り出すの時間かかって、そしたら井波くんが『なくていけるっしょ』って、長い腕伸ばして、ぎゅぎゅっと集まって、みんなで写真撮ったじゃん！」

「あぁ、な」庭田は虚ろな相槌を打ち「ここさ、こんな、」案内板を見つめ「河童《かっぱ》推してたっけ」

「河童？」

「ほら」案内板の散策マップに、河童のイラストがちらほら見える。

「こっちにも」指差した先のベンチに、小さな河童の像がいくつも飾られている。「こんな河童だらけだったっけ」

「だったよ」

「まじ？　そうだっけ？」

「うん。河童うじゃうじゃいたよ。八年前から」声が尖り「なに？　ぜんぶ忘れちゃった？　あの合宿のこと」

「いや、忘れてねぇけど、なんか、」

「たしかここ、河童と温泉の街なんだよ。なんか大昔に、河童の目撃情報が相次いだとかで。だから街中に河童飾ってあるんだよ」

「あー、そうだっけ」

「なんなの？　記憶飛ばした？　逆に何なら覚えてんの？」

「や、だって、だいぶ前だし、」

井波と羽鳥が、駅の階段を並んで降りてくる。

「おっ」井波が庭田と咲本の存在に気づく。

庭田と咲本は会話を止め、声のしたほうを振り返る。

井波はわずかに足を速め、二人の前で立ち止まる。

少し遅れて、羽鳥も井波に並ぶ。

四人で、声を発さず、互いの顔を見つめる。

水同士がぶつかり、混ざり合う音が、やけにうるさく響く。

永遠にも感じる数秒を、

「来ないかと思った」

咲本の声が破る。

「いや、なんか羽鳥さんが、財布どっか行ったとかでもたついてて」

「え、井波くんもお手洗い行ったでしょ」

「そうだけど、トイレはふつうに、行くじゃん」

「だったら理由、そっちじゃない？　財布探してたのなんて、一分もなかったでしょ」

「はいはいじゃあ俺が悪い」井波が腕時計を見て「え、別に間に合ってるよね？　二時に宿着けばいいんでしょ？　こっから十分も掛かんないよね？」

「……うん」咲本が頷《うなず》く。「よかった」マスクの下の、表情は見えない。「みんな、来てくれて」

「いや来るでしょ。あんなやばいＤＭもらったら」井波が薄く笑い「というか、うわ、咲本寧々じゃん。本物だ。いかつ」

咲本の目元が、むず痒《がゆ》そうに歪み「……逆に偽物いる？」

「いいねぇけど、やー、でも、テレビで見まくりだから、咲ちゃんはぜんぜん、久々って感じしないわ」羽鳥に「じゃね？」

「うん、」戸惑いがちに受け「咲本さんは、そうだね。こっちからすると、うん」

「いやいや！　超久しぶりって感じだよ～」咲本が声のトーンをぐっと上げ「芽以ちゃんと会うの、八年ぶりだもん！　てかぜんぜん変わんないね！　井波くんも！」

「うんだから、逆はね」羽鳥が声を曇らせ「……でも、そうね、八年、経《た》っちゃったか」

「経っちゃったね～」咲本は明るい声音のまま、平板に言う。「会わずに、八年」

噴水の音が、増幅し、場を覆う。

「てか、うわっ！　本物の庭田悠成《ゆうせい》じゃん！」気まずさを切り裂くように、井波がおどけ「本物じゃん！　やべー」

「なんでだよ」庭田がぎこちなく返す。「おれでそれやるのおかしいだろ」顔の筋肉を無理矢理ほぐすように「無名も無名だから」

「俳優の庭田悠成さんっすよね？　サインもらっていいすか？」

「いや絶対こっちだろ」咲本を指差し「それかこっちだろ」羽鳥を指差す。

「え私？」羽鳥がびくつく。「私も無名」

「いや岸田賞作家」庭田がぼそっと「……おめでとう。受賞」

「そうだよ！　芽以ちゃん岸田賞じゃん！　すごすぎ！　おめでと〜！」

「いやいやいや」羽鳥は口角を半端に上げ、胸の前で手を揺らし「たまたまだから」

「たまたまなわけないじゃん！　ずっと演劇続けてて、それで岸田賞って、ほんとすごいよ！」

「いやいや、咲本さんみたいに、有名じ「もう行こっか！　あんま時間ないかも！」咲本が会話を切り上げ、一歩踏み出し「こっちだったよね？」言いながら、二歩、三歩と進む。

「あぁ」井波が首肯する。「たしか」

「行こ行こ」咲本がキャリーケースを持ち上げ、縁石を跨ぐ。「というか、やばい、まじ緊張するね。宿で誰か待ってるってことかなぁ？　怖っ、やば、心臓痛い」

庭田と井波の、視線がかち合う。

羽鳥はトートバッグの持ち手をしがみつくように握り、咲本の表情を窺《うかが》っている。

「行こ。芽以ちゃんも。ね？」

「……うん」羽鳥は進み、咲本の隣に並ぶ。

「ほら、男子二人も」

「あぁ」井波と庭田は同時に応《こた》え、後ろをついていく。

「遅刻したら怒られるかも！　早く行かなきゃ！」

咲本はキャリーケースを鳴らし、ずんずん進んでいく。

羽鳥は灰色の空を見上げつつ、無言で横を歩く。

羽鳥と咲本の間に、会話は生まれない。

「てか何その髪」

「ん」

「赤すぎじゃね？」

「これは、まぁ、役で」

咲本のキャリーケース分ひらいた距離の後ろで、井波と庭田がぼそぼそと言葉を交《か》わす。

「役？　舞台？」

「そう」

「いつやんの？」

「二月十七から」

「へぇ」

「……来る？」

「……場所どこ？」

「阿佐ヶ谷《あさや》」

「あー」

「……どう？」

「……そうね。行けたら」

「来たことあったっけ？」

「庭田の舞台？」

「うん」

「ない。ごめん」

「……いや、まぁ、ぜんぜんそれは」

「でもサインは欲しい」

「なんでだよ」

「いや、まだ俳優続けてんの、すげぇな、って」

「なんもすごくねぇだろ」

「いや、すげぇよ。憧《あこが》れる」

「いやまじで売れてないから、やめろよ。それだったらおれが井波のサイン欲しいわ」

「それこそなんでだよ」

「正社員・井波郁人《ふみと》のサイン。くれよ」

「……やだよ」

「お前が言い出したんだろ」

「着いた～」

温泉宿・極楽が、左前方に見える。

立ち止まった咲本と羽鳥を、井波が追い越す。

「えっ？」

井波は極楽を素通りし、直進する。

「ねぇちょっと、宿ここだよ～？」

「ここだけど、」井波が振り返り「その前に、ほら、」また前を向き「あそこ、」

庭田も困惑しつつ、井波に続く。

「ねぇ～。ちょっと～。どこ行くの～？」

咲本が引き留めるも、歩みは止まらない。

橋の真ん中付近で、足が止まる。車道を横切り、反対側の欄干に、井波が手を置く。庭田、咲本、羽鳥も追いつき、横並びになる。雪を被った河原と、須々良川《すずらがわ》の流れを見下ろす。

「あそこだ」

井波が指を伸ばす。

「あそこで木村、死んでたんだよな」

14：11

「遅いです」

初対面の綺麗《きれい》な少女に言われ、井波は頭を下げる。

「もう、十分以上、過ぎています」

四人で玄関の自動ドアをくぐり、待ち人の気配を窺っていると、後ろから話しかけられ、

『14時』と書きましたよね？　電車を降りて、すぐ宿へ向かえば、間に合うはずです。なぜ十分も遅れるんですか？」

いきなり詰められている。

「すいませんでした」井波はもう一度、頭を下げる。「あぁ、でも、」顔を上げ「寄り道しようって言ったの俺なんで、他の三人だけだったら間に合ってるんで、そこは分かっておいてください、俺だけが悪いんで」

「知りませんよ」木村の妹を名乗るその美少女は、四人全員をきっと睨《にら》んでから、すたすたとロビーの奥へ向かう。戸惑っていると、踵《きびす》を返し「行きますよ。時間過ぎてるんで」

「待って」咲本が後ろから呼び掛け「あの脅迫状を送ったのが、あなた、ってこと？」

「そうです」少女は答える。「他にいます？」

「……いや、」

「ほら早く」少女が踵を返すたび、赤茶色のロングヘアーがふわりと揺れる。「来てください」

喪服のような、黒い、丈《たけ》の長いワンピースを纏《まと》っている。「早く」

「……どこに？」

「決まってるじゃないですか。多目的ルームです。そこで稽古したんですよね？」

「えーと、」

「合宿のしおり読みました。『二時から多目的ルームで稽古』。なので、早く」

「ねぇ待って。脅迫状に書いてあった、『八年前の真実』は、その、」

「あとで説明します。とりあえず来てください」

少女に連れられ、四人はフロント脇の廊下を進む。

咲本が先頭で追い、井波、羽鳥と続き、渋《しぶ》い顔の庭田がもたもたと最後尾を歩く。

突き当たりの多目的ルームへ入る。

椅子《いす》と長机が並んだ、会議室のような、広い部屋。

「配置、どんな感じでした？」少女が問う。

「え？」井波が訊《き》き返す。

「椅子と、机の、配置」一音一音区切るよう、語気を強め「どんな感じでした？　八年前の、稽古のとき」

井波は庭田を見る。庭田は目を逸らし、真一文字に結んだ口が、微《かす》かに波打つ。羽鳥は下を向いたまま、自分の内側に閉じこもっている。井波と咲本の目が合う。一瞬のアイコンタクトを経《へ》て、「……えとね、」咲本が口をひらき「基本ぜんぶ、端に寄せて、」奥の壁を指で示し「あと椅子だけ出して、五人で丸くなってたよ。読み合わせからだったし」

「ではそうしましょう」言うが早いか長机を引きずろうとするので、

「あぁーそれ、あんま引きずんないほうが、」井波が机の端に手を掛け、脚を浮かせる。「怒られちゃうから。宿の人に」

「どうでもいいですそんなことは」少女が井波を睨みつけ「兄を殺した人が、何を偉そうに」

絶句する。

井波は、少女を見下ろし、

「……殺した？」

空気が痺れ、硬直し、

「俺が、木村を？　殺した？」

「殺したんですよね？　あたし知ってるんです」

「……なわけないでしょ」井波は大仰な笑みを浮かべ、少女を宥《なだ》めるように「何か、誤解してるようだけどさ」

「いいから早く机移動させてください」少女はぴしゃりと返し「話はそれからです」

井波と咲本で、再び顔を見合わせる。

二人で机の両端を持ち、隅《すみ》へ動かしていく。

庭田と羽鳥も加わる。

誰も声を発さず、机と椅子が床と擦れ合う音だけが響く。

少女は椅子のひとつに掛け、作業を見守っている。

「終わったよ」広いスペースが出来上がり、井波は少女に声を掛ける。「あのさ、いい加「あなたたちが殺したんですよね？」少女が声を被せる。「あたし、やっと分かったんです。八年前、兄は殺されたって」

「ずっとなに言ってんの？」咲本が反論する。声は明るく保《たも》ち、笑みを貼《は》り付《つ》けながら「というかまず、名乗ってくんない？　まじで木村くんの妹なの？　そこハッキリさせて欲しいんだけど」

「木村璃《り》佳《か》です」少女が名乗る。

「……今いくつ？　歳離れすぎじゃない？」

「ハタチです」

「……へぇ。意外と」

「なので、十歳差です。兄とは」

「……証明できる？　あなたが、木村くんの妹だって」

「証明、ですか。兄と一緒に写ってる、昔の写真とかなら見せることできますけど、」自分の顔を、手で示し「必要ですか？」

きんと冷えた空気が、部屋を流れる。

「……キレイだね」咲本の頰《ほお》がひくつく。「木村くんに似て」

「木村、美形だったもんな」井波が真顔で言い添え「かっこいいとか、イケメンとかじゃなくて、キレイだったよな」

羽鳥が小さく溜《た》め息《いき》をついてから「座っていい？」返事を待たず、席に着く。ばらばらと全員が着席し、円く向かい合う。

「それで、」井波が唾を吞《の》み、芯《しん》の通った声で「なんで璃佳ちゃんは、八年も経った今になって、木村が殺されたと思ったの？」

「小説を見つけたんです」

「小説？」

「はい。小説です」璃佳が井波を見る。「冬休みに実家帰ったとき、兄のパソコンから見つけました」

「どんな小説？」「なんで今になって？」井波と羽鳥が同時に質問する。井波は手のひらを向け、先にどうぞと譲り「なんで、八年経ったこのタイミングで、その小説が見つかったの？」羽鳥が改めて尋《たず》ねる。「ご両親は、木村くんのパソコンのデータを確認してなかったの？」

「そのファイルだけ、非表示設定になっていたんです」璃佳が羽鳥を見て「兄が死んだとき、あたしまだ小学生だったので、よくわからなくて。父も母も機械音痴ですし」

「……なるほど」

「あたし、兄にずっと憧れていて、同じ道を歩みたいと思って、啓栄《けいえい》の文学部に入ったんです。いま大学二年なんですけど、同じ演劇学専攻にも進んで。それで、劇研にも入って、」

「まじ？」井波が笑う。「後輩じゃん」

「はい」璃佳は素《そ》っ気《け》なく頷き「それで、」羽鳥に向き直り「今度の二月の公演で、初めて脚本・演出を任されることになったんですけど、兄が昔書いた戯曲を読み返したいと思って、実家帰ったときに兄のパソコンをいじってたら、非表示のファイルを表示できる設定に気づいて」

「あぁ」羽鳥が相槌を打ち「あるよね。そういう設定」

「びっくりしました。兄の書く戯曲って、そんな残酷なものとかなかったはずなんですけど、兄らしくない、すごく、嫌な気持ちになる小説で、」

「どんな小説なの？」羽鳥と被った質問を、井波は改めて投げる。

「それは、」璃佳は口ごもり、井波を警戒するように見て「まだ、言えないんですけど、」

「なんで？」

「……まだあなたたちのこと、信用してないですし、」

「それはそうかもだけど、何か取っ掛かりがないと、こっちも考えようがないっつーか、」

「とにかく、小説のなかで、兄は殺されていました。ニワタ、ハトリ、イバ、サクモトという、四人の登場人物に」

場に緊張が走る。

「……書かれたのはいつ？」羽鳥が掠れた声で尋ねる。

「最後に更新されたのは、二〇一六年一月八日の、二十三時十五分になっていました」

「合宿前日の夜」

「そうです」

「ちょっとさぁ、」咲本が右手を挙げ「なんかよくわかんなくなってきたんだけど、」視線を集めてから下ろし「璃佳ちゃんは木村くんのやばい小説見つけて、そのなかでわたしたちと同じ名前の四人が木村くんを殺してたから、現実でもそうじゃないかって疑って、わざわざ脅迫状送りつけてきたわけでしょ？」

璃佳がこくりと頷く。

「でもさ、おかしくない？　もし木村くんが、わたしたちに殺されるかもってほど恨みを買ってるって思ってたなら、そもそも合宿なんて来なくない？」

璃佳は曖昧《あいまい》な表情で「それはたしかに、そうなんですけど、」

「そもそも木村くんの事件って、もう捜査が済んでるわけでしょ？　警察が来て、わたしたち全員事情聴取受けて、指紋とかも採られて。で、どう考えても他殺ではないし、事故って状況でもないから、遺書とかはないけど、自殺以外考えられない、ってことになったんじゃん」

「……そうですね」

「だよね？　そうだよね？　じゃあ今日の、この集まりは何？　意味なくない？」

「いったん情報を、整理してもいいですか」璃佳は視線を落とし、ぽつぽつと言葉を並べ「当時の新聞とか、いろいろ、あたし見てきたので」

「……いいけど」咲本が応じ「整理すればするほど、自殺以外ありえないし」

「兄の遺体は、二〇一六年一月十日の朝七時十分ごろ、この旅館で発見されたんですよね？」

咲本が頷く。羽鳥と庭田も小さく首を倒し、肯定の意を示す。

「まぁ正確には、」井波が口を挟み「この旅館の、一階の庭から須々良川の河原に降りられるんだけど、そっからけっこう歩いたとこで見つけた」咲本に「よな？」

「うん、まぁ、」咲本が受け「けっこう歩いたってほどじゃないけどね。五十メートルくらい？先の岩場に、木村くんが、いて、」悲痛そうに、眉《まゆ》を歪め「うん、……そうね。そう」

「第一発見者は咲本さんですか？」

「そう」咲本が重い動作で頷き「わたし」

「どういう流れで、咲本さんが」

「最初に木村くんいないって気づいたのは、井波くんたちだよね？」

「あぁ」井波が引き取り「朝、六時過ぎに起きたら、木村が部屋いないって気づいて。そのへん捜してもいなくて、一応電話したら女子部屋にもいないって話で、みんなで手分けして捜してたら、咲ちゃんが見つけて、みんなを呼んで」

「……そうですか」璃佳は形の良い《い》顎《あご》に手を当て「死因は溺死《できし》だったんですよね？」

「そのはず」

「どうして警察は、自殺という判断を下したんでしょう？」

「あー、なんか警察の人が言ってたのは、たしか、遺体に争った形跡がなくて、睡眠導入剤とかアルコールの成分も検出されなかったから、自分で川に入っていったのは間違いないだろう、的な。靴も揃えて置いてあったし」

「ふむ」璃佳が落ち着いた声を返し「兄は、お酒飲まないんでしたっけ？　家では飲んでた記憶ないですけど、皆さんの前でも？」

「木村は一滴も飲まない。気持ち悪くなっちゃうからって」

「そうですか。なるほど。シラフだったわけですね。あとは、そうですね、死亡推定時刻は」

「えーっと、いつだっけ、聞いた気がする、たしか、」

「五時半ごろ」羽鳥が答える。「深夜一時くらいまでは、私と咲本さんも男の子たちの部屋で一緒に飲んでて、」井波に鋭い視線を向け「何時まで起きてたの？」

「二時過ぎくらいかなぁ」井波はやや気圧《けお》されつつ「だよな？」庭田にも確認する。

「おぅ」庭田が短く答え「二時には全員寝た感じだった」

「だから、あれだな、二時過ぎから五時半ごろまでの間に、木村がひとりで部屋出て、入水《じゅすい》自殺した、って結論になったんだ」

「そう。もう、結論出てんの」咲本が冷えた眼差しを璃佳に向け「だからさ、いくらそんな小説が見つかったって、実は殺人事件でしたってのはありえないの。分かる？」

沈黙が拡《ひろ》がる。

璃佳は表情を変えず、咲本を見つめ返している。

「じゃあ皆さんは、」璃佳がふいに、身をわななかせ「なぜ兄が死んだか、分かってるんですか？」声が熱く、湿っていき「兄が、なぜいきなり自殺してしまったか、皆さん知ってるんですか？　分かってるんですか？　兄は、あの合宿を、すごく楽しみにしてたんですよ？　年末に実家帰ってきたとき、ぜったい良い演劇作るんだって、嬉《うれ》しそうに、あたしに言って。なんでなんですか？　なんでそんな兄が、自殺しないといけないんですか？」

誰も、その問いには答えない。

「あたしは知りたいんです。あの合宿で、この場所で、兄に何があったのか」

目に涙が溜まる。深く長く、息を吸い、

「上演してください」

璃佳が言う。

「あたしの前で、あの日あったことを上演してください。八年前の合宿を、皆さんが演じて、再現してください。そうしたら、なぜ兄が死んでしまったか、分かるかもしれない」立ち上がり、頭を下げ「知りたいんです。あたし、知りたいだけなんです」

庭田が少しためらってから、席を立つ。

思い詰めた表情で、「おれ、やっぱ帰るわ」ボストンバッグを肩に掛け、部屋を出る。

庭田はふらふらと、まだ迷っているような足取りで、廊下を進む。

「逃げんの？」廊下に出た咲本が、庭田の手首を摑む。「あの日のこと、まだ気にしてるから来たんでしょ？」

「……いや、まぁ、」庭田の口元に、かすかな苦笑が滲《にじ》み「でもおれ、」

「へらへらすんな」

咲本が刺すように言う。

「ちゃんとしようよ」

摑んだ腕に、きりきりと、力がこもる。

「なんで木村くんが死んじゃったのか、もう一回、ちゃんと考えようよ」

14：47

「これ、配ってください」

璃佳が咲本に押し付けた紙の束《たば》が、井波、羽鳥、庭田と渡る。

「卒業公演で皆さんがやる予定だった台本、これで間違いないですか？」

羽鳥が紙面から顔を上げ、無言で頷く。

「あぁ」井波が紙束をめくりながら「合ってる。懐かしいわ」

「木村くん、卒業公演でこれやるって璃佳ちゃんに話してたの？」羽鳥が訊く。

「話しては、なかったと思います。話してたかもしれないですけど、あたしまだ小学生でしたし、覚えてなくて」璃佳が首を振り「ただ、ファイル名に卒業公演とあったんで、これかな、と」

「そっか」羽鳥は指先で表紙を撫《な》で「懐かしい」

「本当は二時から、稽古だったんですよね？」璃佳が掛け時計を振り返り「さっそく始めましょうか」

「始めるって、」庭田が怪訝《けげん》そうに「どう始めんの？」

「……そうですねぇ、」璃佳が思案し「八年前の稽古は、どんな感じで始まったんですか？　兄がまず台本を配って、みんなで目を通した感じですか？」

「木村がまず、これ配って、」庭田が声を止め、思い出し「そうだ、いきなり読み合わせ始まったわ」井波に「だよな？」

「あーそう。たしかそう」井波が徐々にはっきりと頷き「木村がたしか、『いつもは最初にざっと黙読してもらうんだけど、今回は新鮮な気持ちでセリフ読んで欲しいから、先が見えない状態でいきなり読み合わせ始めちゃおう』とか言って」

「あ〜そうだった！」咲本も首肯し「思い出した。なんか珍しかったよね」

「そうですか」璃佳は表紙の次のページのキャスト欄に目を落とし「なんでこれ、四年生だけなんですか？」

「ん？」庭田が訊き返す。「変？」

「ふつう卒業公演って、キャストに下級生も入れるんじゃないですか？」

「あぁ」

「あたしもまだ二年なので、そんな分かってるわけじゃないんですけど、次の代に受け渡すための公演って意味では、下級生も入れたほうがいい気が」

「それは私も伝えたよ」羽鳥が言う。「なんで俳優、四年生だけなの？　って」

「兄はなんて？」

「最後にこの五人だけで、最高の芝居を作ってみたい、って」

「……最後？」

「学生生活の最後って意味じゃね？」井波が口を挟む。「そこそんな引っ掛かるとこじゃない気がする」

「……あー、そうか、そうですね、」璃佳はページの角に視線を据え、考える。「もし、兄の言う最後が『人生の最後』の意味だったとして、合宿の途中で自殺するのは変ですもんね。最後であればなおさら、上演までやり遂げようと思うでしょうし」

「うん」

「下級生はそれで納得したんですか？　キャストが四年生だけで」

「そこは木村が、」庭田が答える。「五人だけの卒業公演とは別に、下級生が主体の公演を二月に打ったらどうかって提案して、三年の山下《やました》が脚本・演出のやつを別途やることになって」

「なるほど」璃佳は頷き「あと他の人はなんで合宿来てないんですか？」

「……というと？」井波が訊き返す。

「劇研の四年生、この五人だけってわけじゃないですよね。舞監とか照明とか音響とか制作とか、俳優やってる人以外も含めて、合宿ってしません？」

「まだ内容固まってないし、今回は五人だけでいいかなって木村が」井波がすんとした顔で「卒業公演が三月半《なか》ばからで余裕あったし、台本もこの合宿までに間に合わせるってイメージだったから、ひとまず俳優だけで良いよね、って」

「卒業旅行兼ねてる感じだよね」咲本が補足する。「わたしたちの代、裏方も含めてふつうに仲良かったけど、俳優やってる五人が特によくしゃべってたし、なんとなくこの五人で合宿行こっかって雰囲気になって」

「……なるほど」

「読み合わせ、すればいいの？」羽鳥が居住まいを正し「あの日みたいに」

「はい、お願いします」璃佳は言ってすぐ「あ、ちょっと待ってください」ストップをかける。

「なに？」

「そもそもの話なんですけど、」璃佳はもう一段階、真剣な声音を作り「兄って、自殺しそうな雰囲気あったんですか？」

沈黙が生じ、膨らみ、ひりひりと肌を刺す。

井波、羽鳥、庭田、咲本が顔を見合わせる。視線で会話するような数秒を経て「いや、まったく」庭田が首を振る。

「……まったくですか？」

「つらそうな雰囲気は、まったく感じなかったな」井波が首をひねり、こきこきと鳴らし「ただ、木村ってもともと神聖な感じするっつーか、顔整いすぎだし、作劇も演技も才能に溢《あふ》れてて、めちゃくちゃストイックで、凡人の理解が及ばない雰囲気がちょっとあったから、自殺はびっくりしたしすげぇショックだったけど、木村には木村なりの深遠な理由があったのかな、って、なんか納得できちゃうっつーか」

「あぁ〜、わかる」咲本がぶんぶんと頷き「木村くん、天使っぽかったもんね」

「天使て」井波が乾いた笑いを漏らし「というか咲ちゃんは木村と付き合ってたんだから、いちばん木村のこと分かってたんじゃねぇの?」

「ん〜あんま分かんなかった」咲本が視線を落とし「付き合ってたって言っても、一ヵ月だけだし」

「兄が誰かにいじめられてるとか、」璃佳が話を戻し「人間関係で苦労してるみたいなのはなかったんですか?」

「ないない、そういうのは全然」井波が手を高速で振り「先輩も同期も後輩も、みんな木村のこと好きだったし」

「好きというか、」庭田が言葉を選び「一目置かれてる感じだったよな」

「でもそれって、みんなが兄に遠慮して、兄を遠ざけてたっていう、」

「感じでもないな。みんな、ふつうに話してた。木村、たまに難しいこと言うけど、別に話しにくいタイプでもないし」

「わりと面白いこととかも言うしねぇ」咲本が柔らかく微笑《ほほえ》み「オーラありすぎて敬遠されがちだけど、素直にみんなと仲良くしたい、ってタイプだったよね」

璃佳は羽鳥を見る。

「私もそう思ってた」羽鳥が言う。

「……そうですか」璃佳は紙束に目を戻す。

「家では木村くん、どんな感じだったの？」咲本が尋ねる。

「え？」

「璃佳ちゃん、お兄ちゃんと仲良かったんでしょ？　璃佳ちゃんの前では弱みを見せたりとか、そういうのはなかったの？」

「……そうですね、」記憶に潜るような間が置かれ「……なかったですね」

「一切？」

「はい」璃佳が強く頷く。「一切」

「そうなんだ」

「というか兄は、あたしが小三になるタイミングで実家出てるので」

「あー、そっか」

「お盆とお正月だけ実家帰ってきてたんですけど、常にきらきらにこにこしてて、大学でつらいことあったのかな、みたいに感じたことは、一度もなかったです。だから兄が自殺したの、本当に、意味が分からなくて……」

「……そか」

「読み合わせ、始めましょう」璃佳は姿勢を正し「あの日、兄に何があったのか、実際に見せてもらわないと、納得できませんから」自分を奮い立たせるように呟《つぶや》く。

「木村の役は？」尋ねる井波に、

「あたしが読みます」璃佳が答える。「あたしも木村なので」

「なるほど」井波は真顔で頷き「たしかに」

「ここからは、八年前にあったことを、可能な限り再現するよう努《つと》めてください。稽古の過程で発生した会話、生じた感情、浮かべた表情を、出来るだけ精緻《せいち》に思い出し、正確に演じてください。もし、相手役の演技が想定と違っていたら、その都度止めてもらって構いません。兄の台詞《せりふ》や動きは、あたしに指示してください。では、はじめ」

手を打ち鳴らす。

啓栄大学演劇研究会　２０１６年３月卒業公演「みんなの舟《ふね》（仮）」

〈キャスト／登場人物〉


ニワタ（庭田）……二十二歳。彼女（サクモト）とユメミランドに来ている。

サクモト（咲本）……二十二歳。彼氏（ニワタ）とユメミランドに来ている。

イバ（井波）……二十二歳。彼女とユメミランドに来ているが、喧嘩《けんか》して別行動中。

ハトリ（羽鳥）……二十二歳。ひとりでユメミランドに来ている。

キムラ（木村）……二十二歳。ユメミランドの新人バイト。アマゾンクルーズの船長。


寂れた遊園地ユメミランドの不人気アトラクション・アマゾンクルーズ。

定員二十名程度の広めの舟を、船腹を正面として舞台中央に配置。

場所が移り変わっていくため、舞台美術はシンプルでよい。主に照明で移動を表現する。


水の音がする。

溶明。
ニワタ、サクモト、イバ、ハトリが奥側の席に横並びで座っている。
キムラが船首に立っている。

キムラ　さぁ！　出発です！　アマゾンクルーズでは、未知の冒険の旅に、皆さまをお連れいたします。心の準備は出来ていますか？　冒険と人生はよく似ていると言われています。どちらも予測のつかない冒険の旅……じゃないや、えー、そうだ、アマゾンクルーズと人生はよく似ていると言われます。どちらも予測のつかない冒険の旅、だ、すみません、冒険って先言っちゃダメでした。で、えー、何が起こっても、私たちは運命共同体！　あ、違う、これは、その後だ。あー、その前に、あれだ、えー、私はこの……、この……、セント……、えー、セントなんだっけ、セント……、えー、この船の船長、キムラです。皆さま、心の準備は出来ていますか？　はさっき言ったっけ。アマゾンには、危険がいっぱい！　何が起きるか分かりません！　ご家族に連絡を取りたいという方は、えー、お早めに、じゃない、今のうちに。って、どっちでもいいか。えー皆さま、心の準備は出来ていますか？　さっき言ったわ。……えー、

間

キムラ　すみません、このバイト始めたの昨日で、いきなりひとりで、船長やれとか言われて、すみません……。

短い間

キムラ　えー、でも、よかったです、お客さん少なくて。待ち時間、ゼロ分でしたよね？　がらっがらですよね、ほんとに。スタッフもね、人手不足で。だから僕がこんな、いきなりひとりで、船長とかやらされてね、ほんとに。

短い間

キムラ　あっ、やばい、ワニだ、過ぎちゃった、えー、ワニです。ワニでした。

間

キムラ　あ、ぜんぜん皆さん、しゃべってもらっても。僕だけしゃべってても、あれなんで。不安なんで。
ハトリ　……がんばってください。
キムラ　わ！　ありがとうございます！　今、応援のお言葉をいただきました。ありがとうございます。（まばらな拍手）わー、すごい、お客さん少ないですけど、あれですね、温かい方が多いですね、ほんとに。

間

キムラ　ね、だから今日は、少数精鋭の皆さまと、冒険の旅、ということでね。

短い間

キムラ　……あの、アナコンダでした、ぼーっとしてました、すみません。

ハトリ、水の中を見ようと、身を乗り出す。
イバも、何かいるのかと、身を乗り出す。

キムラ　あ、で、そうだ、全員そっち側いちゃうと、バランス悪いのでね、傾いてしまうのでね、お二人、こちらのほうにね、ご移動いただけると助かります。

ニワタ、イバ、ハトリが目を合わせ、ハトリが立ち上がる。手前側の席に移動する。
ニワタ、立ち上がり、移動しようとする。

サクモト　えっ？
ニワタ　ん？
サクモト　ここここは、（自分とニワタを指差し）並んだほうがよくない？

ニワタ　あ、そっか。
サクモト　うん。
ニワタ　あ、じゃあ、（サクモトの腕を引き）一緒に。
サクモト　いや、変でしょ。
ニワタ　ん？
サクモト　一と三になっちゃうでしょ。
ニワタ　ん？　どういうこと？
サクモト　だから、（ハトリを手で示し、小声で）あの人が移動してくれたんだから、わたしたちも移動しちゃったら、二と二じゃなくて、一と三になっちゃうでしょ。
ニワタ　あー、そっか。
サクモト　うん。

ニワタとサクモト、並んで座り直す。

ニワタ　……え、でも結果、一と三じゃん。
サクモト　いや、……だから、（イバをちらちら見る）
イバ　（気づき）あ、これ、俺が移動すんのか。（立ち上がる）
サクモト　……はい。（頭を下げる）
イバ　すんません。（手前側に移動し、ハトリと並んで座る）
ニワタ　ありがとうございます。

イバ　いえいえ。
キムラ　あ！　すみません！　蝶《ちょう》です！　モルフォチョウ！（指差し）……なんかの宝石って言われてます！

一行はこの後、所定のルートを外れ、ユメミランドが用意していない異世界へと紛《まぎ》れ込《こ》む。見たことのない風景に興奮し、非日常の高揚感《こうようかん》から、ほぼ全員が初対面ながら友好的な関係を築いていくが、次第に元の世界へ戻れない不安が押し寄せ、険悪なムードが舟を包む。数日が経過し、たまたま携帯していた食糧も尽きる。どうすれば元の世界へ戻れるかを話し合う過程で、各人の秘密が明かされ、お互いを運命共同体と認識し、連帯感を取り戻していく。舟はやがて、光の川へと辿《たど》り着《つ》く。その先に元の世界が待っている保証はないが、舟は進み続ける。煌々《こうこう》と光る滝壺《たきつぼ》へ落ちゆくさなか、全員が思いの丈を叫び、幕が下りる。

淡々と、一周目の読み合わせが終わる。

璃佳は誰かが話し出すのを待つ。

四人とも、手元の紙に視線を据え、口をひらかない。

「木村の本、相変わらずおもしれぇわ」井波が、ふっとスイッチが入ったように顔を上げ、璃佳を見る。「これ、冬休みに書いたん？」

妙な間が生じる。

「うん」咲本が力強く頷く。「クリスマスからお正月までで、一気に書いた」さっきまでとは違う、やたらと透き通った声で、そう答える。

「すみません、」璃佳が慌てて手を振り「これもう、」流れを止め「始まってます？　八年前の、読み合わせ終わった後の会話を、続けて今やってるってことですか？」

「そのつもりだった」井波が笑う。カットが掛かった後みたいに弛緩《しかん》して「なんか、あれだな、久々にみんなで演劇っぽいこと出来て、楽しいな」

「あの、当時の兄のセリフって、」

「ごめん、あたしが代わりに言っちゃった」いたずらがバレたみたいに、咲本が笑い「これさ、璃佳ちゃんが木村くんのセリフ言うの、知らないから無理じゃない？　読み合わせのとこは台本あるから出来たけどさぁ」

「……たしかに」

「誰か覚えてるやつが、その都度木村の代わりにしゃべったらよくね？」庭田が高揚を押し隠すような口調で「今の咲本みたいにさ」

「それがいいかも」羽鳥が頷く。表情が和らいでいる。

部屋の空気が、読み合わせをする前と後で、がらりと変わっている。

華やいでいる。

「じゃあ読み合わせ終わったとこから、もう一回やるか」井波が声を弾ませ「記憶曖昧だし、八年前と違うとこも結構あるかもだけど、覚えてる範囲でちゃんとやろう。八年前の自分を演じるって、なんかすげぇ、新しい気がする。ある程度即興で会話成立させなきゃだからエチュードっぽいけど、正解に当たるものが一応あるからエチュードでもない、的な」

「うん。斬新《ざんしん》だと思う」羽鳥が璃佳を向き「ごめん璃佳ちゃん、始めるとき、手を叩《たた》いてもらってもいい？」

「はい」四人の視線が、璃佳に集中する。

手を叩く。

井波「木村の本、相変わらずおもしれぇわ。これ、冬休みに書いたん？」

木村「うん。クリスマスからお正月までで、一気に書いた」

庭田「一週間ぐらい？　すげぇな」

木村「書くの楽しかったからあっという間だったよ。今までいちばん楽しかったかも」

咲本「……だからなんか、上の空だったんだ」

木村「ん？」

咲本「クリスマスイブ。あんま楽しそうじゃなかったじゃん」

木村「えっ、楽しかったよ」

咲本「でもなんかぼーっとしてさ。イルミネーション見てるときも、あんま興味なさそうだったし。これのこと考えてたからか」

木村「……楽しかったけど、そう見えてたならごめん」

咲本「……いいけど」

羽鳥「またどこか取材行ったの？」

木村「うん」

羽鳥「ディズニーランドとか？　これ多分ジャングルクルーズが元ネタだよね？」

木村「ディズニーももちろん行ったし、遊園地の短期バイトも入ったよ」

井波「（咲本と同時に）まじで？　これのために？」

咲本「（井波と同時に）ディズニー⁉　誰と行ったの⁉」

木村「えーと、ディズニーは、一人で」

咲本「は？　意味わからん。誘ってよ」
木村「だって取材のためだし、一緒行っても楽しくないかなって。ジャングルクルーズ十回以上乗ってたし」
咲本「でもディズニーでしょ？　楽しいよ。取材でもなんでも」
木村「ごめん」
井波「や、まぁジャングルクルーズ十回もやべぇけど、遊園地の短期バイト入ったん？　わざわざ？」
木村「うん。だって寂れた遊園地の雰囲気、しっかりインプットしときたいじゃない。もうほとんど授業ないし、十二月の頭に構想思いついてから二週間くらい、遊園地でバイトしてた」
羽鳥「すごい。徹底してる」
木村「作・演出は事前準備が命だからね。題材に深く潜って、いかにリアリティを高められるかだから」
井波「前も作劇のためにバイト増やしてたよな？」
木村「『袋《ふくろ》は無《な》しで大丈夫です』のときかな。しばらくコンビニでバイトしてたね」
庭田「UFO呼ぼうとしてたときなかったっけ？」
木村「『吸引《きゅういん》』だね。オカルト研に手伝ってもらって。あのとき結局呼べなかったけど、本当は呼びたかったたな。実際のUFOを見て演出するのと、見ないで演出するのとじゃ、ぜんぜん違うと思うし」
井波「いや、UFOとかは別に、リアリティ追求しないでいいだろ」
木村「いやいや、ぶっ飛んだ設定ほど、リアリティって大事なんだよ」

咲本「あれもそうだったよね？　あの、キリンと漫才するやつ」
木村「あー、あれね、『どんだけ首長くしとんねん』。あのときも毎日動物園通ったなぁ」
井波「木村がキリンのぬいぐるみ持ちながら一人で漫才してるとこ、袖で笑いこらえるの大変だったわ」
羽鳥「相手ぬいぐるみなのに、観てるうちにだんだん違和感なくなってきて、別れのシーンで泣いてるお客さんもいたよね。木村くんほんと凄《すご》いなって思った」
木村「ふふ。演劇はなんでも出来るからね。（仕切り直し）とりあえず、もう一回読み合わせしようか。さっきは止めずに通したけど、今度は気になったところあったら止めるね」

二回目の読み合わせが始まる。最初のハトリのセリフで、木村が芝居を止める。

木村「ごめん羽鳥さん、もうちょっとだけ、素っ気ない感じ出せる？」
羽鳥「わかった。（芝居に入る間を置き）……がんばってください」
木村「今のセリフの温度が十五度だとしたら、十二度くらいにできる？　ってごめん、初日にこんなこと言ってもあれだよね。そうね、全体的にもう少し、普段の羽鳥さんに寄せられる？」
羽鳥「……やってみる。（芝居に入る間を置き）……がんばってください」
木村「いいね」

読み合わせを続ける。
庭田の「……え、でも結果、一と三じゃん。」の部分で木村が止める。

木村「庭田くん。（考えて）……演技してるという意識を、捨ててもらえる？」
庭田「……ん？」
木村「セリフを、お客さんに伝わりやすいように、言おうとしすぎてるかも。いかにも『お芝居』って感じになっちゃってる。もっといつもの庭田くんのままできる？」
庭田「……やってみるわ」
木村「じゃあ、もう一回、サクモトの最初のセリフから。（手を叩く）」

先ほどと同じ箇所で、木村が止める。


木村「庭田くん。演技をしないで欲しい」

庭田「……分かった」

　井波が右手を挙げ「ごめん、ちょっと、」ひらひらと振り「ごめん、止めるわ。止めていいんだよな？　なんか、思ってるのと違ったら」璃佳に確認する。

「はい」

「おけ。であれば、ここの庭田、」視線を移し「もっとかも」

「ん？」庭田が眉根を寄せ「もっとって何？」

「木村に演技指導されてるとき、もっと、なんだろ、」そっと降ろした右手を、左手でぐにぐにと揉《も》み「なんつーか、もっと嫌そうにしてなかったか？」

「嫌そうにはしてなかったろ」庭田の声がざらつく。

「嫌そうは言い方あれだけどさぁ、」咲本が受け、言葉を選び「もっと不服そうじゃなかった？」

「一緒だろ」

「庭田くん、わりと大きい芝居が好きじゃん？　こういう『静かな演劇』っぽいのよりは、アングラとか昔の小劇場っぽい、派手なやつのが好きでしょ？　だから、なんだろう、おれの好きな芝居ってこういうのじゃないんだよな、みたいな感じが、もうちょい表情に出てたかも？」

「……そうかぁ？」庭田はしばらく黙ってから「別に嫌じゃなかったけどな。これはこれ、って感じだし」

「とにかく、もう一度やってみましょう。兄が二回目に庭田さん止めたとこから」

手を叩く。

木村「庭田くん。演技をしないで欲しい」

庭田「……や、でも、そう言われても、むずいわ」

木村「演技ではなく、遠い誰かになりきるのではなく、庭田くんのままで舞台にいて欲しい」

庭田「……んー」

木村「今回はそのために、それぞれのキャラ設定も、わりと現実に寄せたんだよね。役名もそのままだし。前提として、僕は庭田くんの演技を高く評価してる。存在に魅力がある。うまくハマれば、お客さんの記憶に鮮烈に残る芝居が出来ると思う。でも、うーん、その反面、空気感が他の俳優とズレがちというか、ハマるときはほんと素晴らしいんだけど、そんな無理して『お芝居』しなくていいのに、って、今みたいな感じだと思っちゃう。もったいない、って、庭田くんの芝居見て、いつも思う。庭田くん、もっとそのままでいいのに、って。役を理解して、なりきるのは大切なことなんだけど、どんどん庭田くんから遠くなって、不自然になっちゃってる。それを防ぎたくて、今回は通読の前にいきなり読み合わせを始めてみたんだけど、そうね、いつもの感じが、やっぱ出ちゃってるな。庭田くんは今回、なるべく演技しないことを、意識してくれると助かる。あくまで庭田くんのままで、舞台に立ってください。無理に引き寄せた役なんかよりもっと、庭田くんは素敵な人なのに。もったいないよ」
庭田「そう言ってくれんのはありがてぇけど……」
木村「みんなにもちゃんと聞いて欲しいんだけど、（羽鳥・井波・咲本の意識が向くのを待ち）今回書いたみたいな異世界漂流モノって、正直よくあるんだ。『漂流教室《ひょうりゅうきょうしつ》』とか、『漂流《ひょうりゅう》ネットカフェ』とかね。そういった先行作品と差別化するために、この芝居においては、リアリティラインを限界まで引き上げたい。もちろん、現実に寄せれば寄せるほどリアリティを獲得できるわけじゃないのは分かってるよ？　現実を本当にそのまま演劇にしたら、むしろ嘘《うそ》くさいな、って感じると思う。現実におけるリアリティと、虚構におけるリアリティって違うからね。でも、それはそうなんだけど、この芝居の見せ方としては、徹底的に現実であることにこだわりたい。漂流モノ、僕、すごく好きなんだけどさ、いきなりこんな分かりやすくパニックになるかな？とは、ちょっと思うわけね。そのほうが面白いし、話も動かしやすいんだけどね。意外とさ、本当にこういう状況になったら、漂流した事実がうまく頭に入ってこなくて、なかなかパニックにになるまでいかなかったり、謎にだらだらした楽観的な時間があったり、するとと思うんだよね。だから、出来るだけ、『お芝居』にしたくなくて。本当にこの五人で、漂流しようよ。分かりやすい、フィクショナルな現実じゃなくて、歪《いびつ》で間の抜けた現実を、異世界に飛ばそうよ」
「やべぇ、ごめん、」木村を演じていた井波が、腕を振って芝居を止め「いや、ごめん、なんか、」洟を啜り「なんか、」ひとすじ垂れる涙を、手の甲で拭う。

「……なんで泣いてんの？」咲本が低い声で尋ねる。

「あー、ね、なんでだろ、なんか急に、」指先を目頭に当てるが、もう涙は引いている。「なんか、出てきて」

「分かるかも」羽鳥が仏頂面で「泣けはしないけど、木村くんを演じて泣く感覚は、なんとなく分かる」

「だよな？」

「でも、井波くんが泣くのは、違う気がする」

「なんでだよ」井波は腑抜けた笑いを浮かべ「なんで俺、泣いちゃだめなん」

「なんとなく」

「え、でも別に、自然じゃね？　木村の言ってたこと思い出して、木村の気持ちになって演じて、あぁ、木村、死ぬことねぇよなぁ、生きて、卒業公演やれてりゃなぁ、っていう、だけのことなんだけど」

「いいよもう」羽鳥が会話を早く切り上げたそうに「理屈は分かるけど、私はそれじゃ泣けないし、井波くんが泣くのもなんか違う、ってだけ。私が勝手に、そう思ってるだけ」

「えーなんだよそれ」

「分かるよ芽以ちゃん。むかつくよね」

「いやいや咲ちゃんまで」

「いやなんかめっちゃむかついてきた。めっちゃむかつく」咲本が井波を、じっとりと睨みつけ
「こんなんでスッキリしないでくれる？　まじで」

「別にスッキリしたわけじゃねぇって」井波が笑みを残したまま、眉を強張らせる。

「いやまじで。これはまじで言ってる」咲本の声が、暗く、棘《とげ》を帯びていき「なんで井波くんが泣いてんの。おかしいでしょ」

「いや、ごめん」井波の笑顔が引きつる。「ごめんて」

空気が重く、停滞する。

「とりあえず時間もねぇし、」黙っていた庭田が、口をひらき「再開する？」

「そうしましょう」璃佳が小さく頷き「兄のセリフが長いので、『本当にこの五人で、』あたりから、再開しましょうか」

手を叩く。

木村「本当にこの五人で、漂流しようよ。分かりやすい、フィクショナルな現実じゃなくて、歪で間の抜けた現実を、異世界に飛ばそうよ」

庭田「……あぁ。できるかわかんねぇけど、やってみる」

木村「うん。ありがとう。よろしくね」

庭田「いや、こちらこそ」

木村「じゃあ、サクモトの最初のセリフから、もう一回。（手を叩く）」


モルフォチョウの手前で、木村が止める。

木村「（考えて）庭田くん、だいぶ良くなってる」
庭田「ほんとかぁ？」
木村「うん、その感じを維持して欲しい。サクモトの『一と三になっちゃうでしょ』の後の

『ん？　どういうこと？』とか、セリフの間がところどころ早かったりするけど、やっていくうちに修正されるだろうから、ひとまずこれで大丈夫」
庭田「そうか。よかった」
木村「間の感覚は、お客さんの反応によっても変わるだろうしね」
咲本「わたしはどう？　これでいい？」
木村「咲本さんは、すごく良い。『お芝居』の匂《にお》いがほとんどしないし、話す速度や間も理想に近い。前から思ってるけど、二周目の読み合わせでこれが出来るってことは、演技に対する感覚が、咲本さんと僕はとても近い気がする」
咲本「そっか、ありがと！　（にやにやと）だから付き合ってくれたの？」
木村「……んー、そうだね、（苦笑し）それもあるかな」
咲本「えへー、でも、それだけじゃないでしょ？」
井波「おい。お前ら。稽古場でいちゃいちゃすんな」
木村「失礼。（真面目《まじめ》な顔を作り）じゃあモルフォチョウのところから、再開します」

読み合わせが進む。たまに芝居を中断しては、木村が指摘を行う。

木村「ごめん咲本さん、今のところ、もう少しニワタに甘えられる？」
咲本「いいけど、わざとらしくないかな？」
木村「加減が難しいけど、もう少しやっていいと思う。今、他の三人は舟下りてて、二人きりなわけだし。漂流してから、ここで初めて二人きりになるんだよね。やりすぎは良くないけど、もっと恋人感を出していいはず」
咲本「なるほど、おっけー。（にやつき）要はあれだよね？　木村くんに甘えるみたいにすればいいんだよね？」
木村「（気まずそうに）うん。そうね。そういうイメージで大丈夫」
咲本「（嬉しそうに）はーい」
羽鳥「そういうのやめてほしい」

間

咲本「……え」
羽鳥「さっき井波くんも言ってたけど、稽古場でそういうふうに、甘い感じを出さないで欲しい。木村くんと付き合えたばかりで嬉しいのは分かるけど、裏でやってくれない？　木村くん困ってるでしょ、さっきから」
咲本「あー、うー、（反省した雰囲気で）ごめん」
羽鳥「稽古場は神聖な場所だから。……気を付けて」
咲本「……うん。ごめん」
木村「羽鳥さん、ごめんね。僕も良くなかった」
羽鳥「いや、木村くんはぜんぜん、悪くないでしょ。さっきからずっと、咲本さんのそういう感じを、やんわり躱《かわ》そうとしてたし」
木村「うーん、でも、」

羽鳥「咲本さんが甘えてきて、めんどくさそうにしてたでしょ」

木村「めんどくさそうには」

咲本「(語気鋭く) わかったわかった。もうわかったから。(苛立《いらだ》つように、熱い溜め息を吐《つ》き)もうあんま言わないで。ちゃんとするから。わかったから」

羽鳥「……分かればいいけど」

「ちょっといい?」羽鳥が芝居を止める。

「ごめん。変だった? やりすぎ?」不安そうに尋ねる咲本に、

「咲本さんじゃなくて、」身体の向きを変え「井波くん、このときもっと、なんとも言えない顔してた」

「俺ぇ?」井波が自分を指し、目を丸くする。「なんとも言えない顔ってどんなんよ」

「なんだろうな、今みたいにぼーっと聞いてるんじゃなくて、もっと複雑な顔してた」

「いやいやどこ注目してんの」顔を隠すように、両手を翳《かざ》し「別にそんな、変な顔してなかったっしょ」

「咲本さんはどう思う?」羽鳥が尋ねる。「井波くん、変な顔じゃなかった?」

「え、どうだろう」咲本が戸惑い「……わたしはあんま、わかんなかったかな」

「まぁでも、言われてみればそうだったかもな」庭田が井波に、労《いたわ》るような目を向け「井波、咲本のことかわいいかわいいって、劇研入ったときからずっと言ってたし。木村と咲本が付き合うことになって、いちゃついてんの見せつけられて、けっこう傷ついてたんじゃね?」

「あー、そう言われちゃうと、」井波が腕を組み「そうかも」

「咲本モテてたから」

「でもそれ言ったら、庭田も咲ちゃんのこと好きっぽかったっしょ」

「や、そりゃまぁ、かわいいとは思ってたけど、」庭田は咲本を見て、すぐに目を逸らし「別に付き合えるとも思ってねぇし、傷つくとかは、おれは別に」

「兄と咲本さんは、」璃佳が割って入るように「いつから付き合ってたんですか？」

「クリスマスの、ちょっと前」咲本が姿勢を正し「十二月十四日から」

「それは、咲本さんから告白を？」

「告白ってなんか、懐かしい響きだ〜」咲本は微笑し、ロングスカートに添えた手を重ね「そだよ。わたしから告った」左手の薬指に、銀色の指輪が光っている。

「そうなんですね」璃佳が俯《うつむ》き「兄に彼女がいるイメージなかったです」顔を上げ、咲本を見遣《みや》り「まぁ妹にはそういうこと、話さなかったのかもしれないですけど。あたしまだ小学生でしたし」

「木村って、咲ちゃんが初めての彼女だっけ？」井波が、誰にともなく尋ねる。

「そだよ」咲本が答える。「そう言ってた」

「人生初の彼女、出来たばっかだったのになぁ」井波は口惜しそうに、天井を仰ぐ。

璃佳が振り返り、掛け時計を見上げる。「稽古、五時半まででしたっけ？」

一瞬の沈黙を挟み、

「予定だとそうなんだけど、」井波が口をひらく。「実際は五時五十分くらいまでやってた気が」

「そうなんですか？」

「うん、稽古が盛り上がっちゃって」

「夕食は六時からですよね？」

「うん、そこは宿側のあれでずらせない的な感じだったから、予定だと三十分休憩して夕飯だったけど、わりとギリギリまでやって、ちょっとだけ休んで夕飯だった気が」

「もしかして、実際のスケジュールとしおりのスケジュール、けっこう違ってたりします？」

「あー、どうだろ。今しおり持ってるんだっけ？」

「はい。刷ってきました」

紙を拡げ、全員で覗《のぞ》き込《こ》む。


〜卒業公演に向けた合宿のしおり〜

◎1日目　2016年1月9日（土）

10時　東京駅集合
10時32分〜12時59分　東京→新須々良《しんすずら》（新幹線）
徒歩五分（新幹線→須央線）
13時30分〜13時49分　新須々良→雛月温泉（須央線）
徒歩五分（雛月温泉駅→極楽）
14時〜17時30分　稽古　@多目的ルーム
18時〜20時　夕食　@食事処《どころ》
20時〜22時　各自休憩&温泉
22時〜　部屋呑み　@男子部屋

「あー」井波が声を低く伸ばした後、視線を上げ「花火、やったよね？」

「やった」羽鳥が頷く。「夜ごはんの後、すぐかな」

「二十時からですか？」しおりに書き込む。「だいたい何時くらいまで？」

「三十分くらい？」咲本が庭田、井波、羽鳥を順に見て、同意を求める。三人が首肯し「それくらい」

「はい」

「花火自体は三十分くらいだったけど、」庭田が口を挟み「片付けがその後あった」井波に「よな？」

「あぁ」井波が受け「たしかそう」

「片付け組と、お酒・おつまみの買い出し組に別れなかった？」羽鳥が首をわずかに傾《かし》げ「井波くんと咲本さんが片付けで、木村くん、庭田くん、私が買い出しだったと思う」

「何時ぐらいまで？」

「九時前くらい？」庭田が答える。「それからみんな温泉とか入って、予定通り十時から部屋呑みだったはず」

「なるほど」書き込む。「『各自休憩&温泉』の時間を半分削ってるわけですね」

「そうそう」

「花火って手持ちですよね？」

「うん」

「誰か持ってきてたんですか？」

「持ってきてたというか、」井波が記憶を探り「たしか駅からここ来る途中に、咲ちゃんが『花火やりたくない？』つって、急遽《きゅうきょ》コンビニで買った気が」

「冬も売ってるんでしたっけ。花火って」

「なんか売ってた。この地域、冬も花火大会とかやるらしくて、で、そうだ、それ知って、でも開催日じゃなかったから、手持ちでやろう、っていう」

「持ってきてますか？　今日。誰か」

「えっ、」井波が首を振り「ない」三人に「よな？」

羽鳥、庭田、咲本が「うん」「ない」「なーい」ばらばらと答える。

「まぁ、それはそうですよね、逆に持ってきてたらおかしいですよね」璃佳がぶつぶつと言い、再度時計を見る。「ここからコンビニまでって何分くらいですか？」

「……七、八分じゃない？」井波が答える。

「歩いてですか？」

「歩いて以外ある？」

「いや、走ってとか」

「走ったら、……五分とかじゃね？　走りの本気度によるけど」

璃佳は数秒黙り「買う時間も含め、往復で十五分弱ですかね」

「まぁそんなもんじゃね」

「行ってきます」璃佳が咲本に「いや、行きましょう、一緒に」

「わたし？」咲本が声のトーンを上げ「行くの？　今から？」

「あの夜を正しく再現するために、花火は買っておきたいです」

「え、わたしも行く感じ？　璃佳ちゃんだけじゃだめ？」

「どんな花火を買ったか、咲本さんいないとわからないですから」

「……あー、じゃあ、そか、わたしも行かなきゃか」

「ちょっともう時間ないんで行きましょう」咲本の手を引き、扉の前で振り返り「残りの皆さんは、稽古続けててください。なにか思い出したら、後で報告してください、では」

「え待って、わたしも走んなきゃなの？」

咲本の焦った声が遠のき、扉が閉まる。

「……行っちゃった」井波は呟き、庭田と羽鳥を見る。「行っちゃったわ」

「あぁ」庭田は小声で応じ、羽鳥は考え込むような間の後、無言で頷く。

「え、どうすんの、これ」井波は立ったまま、台本に目を落とし「読み合わせ、続ける？」

「続けないでしょ」羽鳥はすげなく返し「全員いないと、意味ないでしょ」

「だよな」

「うん」

むず痒い静けさが、広い部屋を満たす。

「木村の本、」沈黙に耐え兼ねた井波が、おずおずと口をひらき「やっぱおもろいよな」

羽鳥と庭田が、同時に井波を見る。

「読んでて楽しいわ」井波は言葉を重ね「やっぱセンスあるよな」

羽鳥が井波を見て、「そうね」消え入りそうな声で言う。

「な」井波は言う。「さすがだわ」

庭田は口をつぐみ、撓んだ紙束のへりを、親指の腹でさする。

羽鳥は椅子に座り、俯き、細い溜め息を吐く。

庭田はそれを眺め、なだらかに目を逸らし、端に寄せられた机の角を見る。

井波が座る。庭田は井波を振り向く。

井波と庭田の目が合い、井波は場をほぐすための、へらっとした笑みを浮かべる。

庭田もぎこちなく頬を上げ、座る。座ると同時に、頬が下がる。

井波の笑みも萎み、無音が再び、広い部屋を満たす。

「しかし庭田、」井波がまた、沈黙を破る。「髪赤《あけ》ぇな」

ワンテンポ遅れ「うん。だから、」庭田が返す。「赤いよ。染めたっつったじゃん」

「いや、にしても、」井波はじっくりと眺め「赤い」

「赤いって。ずっと。今さらどうした」

「赤み、増してね？」

「増してねぇよ」庭田は真顔で「ずっと赤かっただろ。今日駅で会ったときから」

「そのときも赤いなぁとは思ってたけど、今見ると、もっと赤い」

「なんでだよ。変わんねぇって」

羽鳥が、ふっ、と笑いをこぼす。庭田の髪を見つめ「赤い」

「だから赤いって。数時間前からそうだっただろ」

「赤いなぁ」羽鳥がしみじみと「南米の鳥みたい」

「ぴんとこねぇって」

「あ、これ、あれか、照明のせいか」井波が天井を見上げ「会ったとき、外で、曇ってたからか」

「知らねぇけど」

「いやぁ、けど、咲ちゃん、」井波が扉のほうをちらっと見て、庭田に目を戻し「すげぇよな」

「……あぁ」庭田が相槌を打つ。「な」

「気づいたら、ふつうにテレビ出まくってたもんな」井波は言いながら、羽鳥に視線を移す。

「うん」羽鳥も頷く。「すっかり芸能人だよね」

「舞台はもう、立ってないんだっけ？」

「……立ってない。たしか」

「だよな。なんとなく情報追ってるけど、舞台はぜんぜん、出ないよな」井波が両手を組み、ぐにぐにとほぐし、顔を上げ「咲ちゃんって、ふつうに就職したよな？」

「そのはず」羽鳥が答える。

「演劇、やめたよな？」

「やめたはず」

「社会人劇団とかもやってなかったよな？」

「その、はず」少しだけ自信がなさそうに「うん」

「なのに咲ちゃん、なんでテレビとか出るようになったんだっけ？」井波が笑い、首の後ろをほぐすように、指で押し「気づいたら爆売れしてて、どういうあれなんだっけ」

「あれだろ？『罵《のの》り美女』だろ？」リアクションが薄い井波と羽鳥にむしろ驚き「え、見てねぇの？」

「見てない」羽鳥が首を傾げる。「作品？」

「作品つーか、咲本たしか、……あの、ほら、名前ど忘れしたけど、どっか外食、就職したじゃん？」

「あー、あれよね、あれ、」井波が唸《うな》るも出てこず「あれよね、なんか、タイ料理とかの、チェーンの、」

「そうそう。でなんか、どっかのでかい商業施設の店舗で働いてたんだけど、その商業施設丸ごと使って、芸人がいっぱい出てきて、ショートコントするみたいな番組あって、」

「あぁ」

「で、たまに実際の店員さんも参加させてコントするみたいなパターンあんだけど、なんか芸人が土下座して、店員の咲本がブチ切れる、みたいなあれで」

「へぇー」

「で、セリフは台本だったと思うんだけど、咲本めっちゃかわいいし、演技もすげぇじゃん？すげぇハマってて、ノリノリで罵ってたら、MCの芸人が『俺も罵って』とか言って、アドリブで罵倒《ばとう》したらそれもめっちゃハマって」

「あー。器用だもんな、咲ちゃん」

「その番組、普段はぜんぜん素人ピックアップしないんだけど、咲本すげぇ華あるし、めっちゃ映って」

「なるほど」

「で、その部分が切り取られてSNSとかですげぇ拡散されて、『罵り美女』、みたいな感じでバズって、YouTubeとかネット番組とか呼ばれまくって、別の地上波のバラエティにも呼ばれて、」庭田がふぅと息をつき「気づいたら、芸能人なってた」

「いやぁ、なるほどなぁ」井波が顔をほころばせ「やっぱすげぇな。咲ちゃん」

「つかなんで知らねぇの」

「それいつ頃の話？」

「あー、えーと、」庭田が頭の中で数え「二〇一七とかじゃね？　卒業した次の年」

「じゃあまぁ、クソ忙しかった頃だ。社会人二年目の」井波が笑みを薄く残したまま、眉をひそめ「今もクソ忙しいけど」

「私、テレビとかほとんど観ないからなぁ」羽鳥が言う。「さすがに街とか電車の広告で見るようになって、『咲本さん⁉』ってびっくりしたけど」

「いやそれ言ったら岸田戯曲賞もびっくりだから。まじで」井波が食い気味に「まーじですげぇから。劇団自由畑《じゆうばたけ》。若手のホープじゃん」

「……そう思ってるなら、」羽鳥がふいに、困ったような、拗《す》ねたような顔を見せ「おめでとうくらい、連絡くれてもよかったのに」

「いや、おめでとうとは思ってたんだけどさ、」井波が焦ったように「気まずかったじゃん、ずっと、木村のこともあったし。連絡しづらい感じだったじゃん」庭田に「つかお前こそ連絡しなきゃだろ。咲ちゃんはあれとして、劇研の同期で演劇続けてんの、庭田と羽鳥さんだけなんだから」

「あー、まぁ、んー、」庭田が相槌を伸ばし「たしかに」目を伏せる。ゆっくりと視線を上げていくも、井波と羽鳥の目線には届かず「そうだな」

「すりゃあよかったじゃん、連絡」

「んー」悩んだ末、羽鳥に「してほしかった？」

「あー、いや、そうね、」羽鳥がたどたどしく頷き「まぁ。来たら嬉しい、かな。でもまぁ、連絡来たら来たで、気まずかったかもだし、」

「だよな、やっぱそうだよな、」庭田の声が、徐々に熱を帯び「おれなんかに、連絡されても困るよな、そりゃそうだよな、」張り詰めていき「連絡したら、出してほしいみたいになっちゃうもんな？　おれを、自由畑に」

「いやそんなことは、」

「ないよな？　だよな？　おれ、上手《うま》くないもんな？　おれとの交流が復活したところで、別に使いたいとは思わねぇよな？　自由畑は、おれみたいな下手な俳優出せないもんな？　無用な心配だよな？」

「急に何。言ってること支離滅裂だけど」羽鳥が困惑し「庭田くんから連絡来ても、別にそんなこと思わないから」

「じゃあ出してくれんの？」

「……何が」

「自由畑に。おれを」

「……考えとく」

羽鳥の語尾が掠れ、逃げるように、手元の紙束に目を落とす。

井波は隠れるように、ちらちらと、庭田と羽鳥を交互に見る。

庭田は呼吸を整え、撓んだ紙束のへりを、指で執拗《しつよう》にさする。

なかなか帰ってこない、璃佳と咲本を待つ。

17：48

井波「そろそろ片したほうがよくね？」
木村「そうだね。夜ご飯、六時からだもんね。続きは明日しよう」

羽鳥は木村の演技を解き、璃佳に向き直る。「これで終わり、かな。いったん」

「……ありがとうございました」璃佳が中途半端に頭を下げる。表情は晴れず「兄は、なぜ死を選んだんでしょうか。今のところ、それらしき兆候は見られませんが」

「ほんとにね」羽鳥が硬い声を返し「木村くん、なんで死んだんだろう」

「これから分かるんでしょうか？」

「……どうだろう。私も分からない。いまだに分からない」

「……ね」咲本は相槌を打ち、立ち上がる。「とりあえず、片付けよっか」

協力し、椅子や机の配置を元に戻す。

「これ、部屋の鍵《かぎ》です。お二人の」璃佳が井波に手渡し「各自荷物を置いて、十八時に三階の食事処集合でお願いします」

「こっちの部屋の鍵は？」咲本が訊く。

「あたしが持ってます」璃佳が答える。

「そか」

「あれ？　チェックインとかって、」案ずる庭田に、

「済ませてます」璃佳が即答する。「皆さんが到着する前に」

庭田は数秒考え「あぁ、まぁ、そうか」小さく頷く。

多目的ルームを出て、エレベーターに乗る。四階で井波と庭田が降り、五階で璃佳と咲本と羽鳥が降りる。

「前は何階でした？」廊下を進みながら、璃佳が訊く。

「えぇー何階だっけ？」咲本がふにゃっと笑い「芽以ちゃん覚えてる？」

「前もそうじゃなかった？　男の子たちが四階で、私たちが五階で」

「そか。そうだったかも」

鍵を開け、部屋に入る。

「あー懐かしい、そうだ、こんな感じの部屋だった」咲本がキャリーケースを踏込《ふみこみ》に置き、靴を脱ぐ。「あ～めっちゃ、畳の匂い」

「だいたいどこも一緒じゃない？　旅館の部屋の雰囲気なんて」羽鳥も靴を脱ぎ、敷居《しきい》をまたぐ。「手前に和室があって、奥に広縁《ひろえん》があって、っていう」洒落《しゃれ》たパンプスの横に、糸がところどころほつれたスニーカーが並ぶ。

「……広縁？」

「窓際の、ちょっとした廊下みたいな」羽鳥はトートバッグを畳に下ろし、奥へ進み「ここ。いま立ってる、この部分」

「へぇーここ、広縁って言うんだ」咲本が感心しながら、広縁の椅子に座り「さすが芽以ちゃん。物知り～」

「いや、まぁ、」羽鳥は椅子の後ろに突っ立ったまま「これくらいは」

「劇作家だから？」咲本が振り返り、羽鳥を見上げ「劇作家はやっぱ、言葉に詳しくなきゃダメってこと？」

「……一応」

「おぉ～！　やっぱ岸田戯曲賞作家は違うね！」

「……別に岸田賞関係ないけど」

「羽鳥さんさすがですね」璃佳が羽鳥を見ずに言い、窓に近づき「川、ここから見えますね」

「いやいや、別にさすがとかじゃ」羽鳥は首を軽く振り「ね、川。景色いいよね」

「景色いいって、兄が、」声がすうっと陰り「川、」

「あ、ごめん、違うの、ごめん、」羽鳥が慌て「いや、木村くん見つかったの、もっと先の河原だからさ、旅館のすぐじゃなくて、もう少し先の、」早口で「ごめん、間違えた、ごめんね、私、たまに何も考えずしゃべっちゃうから。何も考えずっていうか、うん、なんか反射で、変なこと言っちゃうときあって」

「劇作家なのに」咲本がぼそっと言う。

「いや、関係ないけど、劇作家は」羽鳥は頭を下げ「とにかく、ごめん」

「いいですけど」璃佳が乾いた声を返し「でも、まぁ、ふつうに良い宿ですよね」窓に目を戻し
「この景色も、兄のことがなかったら、ふつうにキレイって思うでしょうし」じっと眺め「川沿いの温泉街って、風情ありますよね」

窓を見つめる璃佳の横顔を、咲本は見つめ「やっぱキレイ」

「……川ですか？」璃佳が怪訝そうに返す。

「いや顔」

「顔？　川じゃなく？」

「顔」咲本は璃佳の顔面を凝視し「やっぱ似てるわ。木村くんに。めちゃ美形」

「えっ、や、ぜんぜん、」璃佳は顔をそむけ「ぜんぜん。というか咲本さんがそれ言います？」

「いや〜、国宝だったなぁ〜、木村くんの顔は」咲本は追いかけるように璃佳の顔を覗き込み「あれだね！　国宝級美形兄妹《きょうだい》だね！」

羽鳥は冷めた眼差《まなざ》しで、二人のやりとりを眺めている。

璃佳は身体をそらし、咲本から逃げ「はい、スタート。八年前の再現、開始です、はい」

「よく言われない？　かわいいって。というか学校で超モテるでしょ？　モテてモテて逆に地獄じゃない？」

「はい、はい、いいから、」手を打ち鳴らし「やってください。はい。ほら」

「やってくださいも何も、」咲本が羽鳥を振り返り「荷物置いて、すぐ部屋出ただけだよね？」

「……たしかそう」羽鳥が短く息を吐き、顔を引き締め「そうだ、私がタバコ吸いたくて、喫煙所寄ってくからって、先に出た気がする」

「あー、そうかも、」咲本は頷き「そうだったかも」

「今も吸われてるんですか？」

「今は吸ってない。禁煙した」

「というか、」璃佳はテーブルの灰皿をちらりと見て「部屋で吸えばいいんじゃないですか？」

「吸えるけど、」羽鳥は咲本をちらりと見て「嫌がるかなって」

「あぁ」璃佳が低く応じ「じゃあ咲本さんは、タバコ、」

「吸わないよ〜」華奢な左手を、咲本はしなやかに振り「苦手なんだよね。においとか」薬指の銀色が瞬《またた》く。

「咲本さん、」羽鳥が咲本の指に視線を据え「結婚したの？」

「したよ！　えっ、知らない？」咲本が大袈裟《おおげさ》に目をしばたたき「ニュースとか見てない？」

「芸能ニュースは、あんまり」羽鳥が申し訳なさそうに「テレビとか、そんな見なくて」

「全然いいけど、したよ、結婚。三年前に」

「そうなんだ」無表情で「おめでとう」

「ありがとう」咲本が軽やかな笑みを返す。

「お相手は、有名な人？」

「うん。俳優。でも芽以ちゃんには言ってもわかんないかも」

「羽鳥さんは、ご結婚は」

「してない」羽鳥が即答し「まったく」

「芽以ちゃんは昔から、そういうの一切なかったもんね！」

「まぁ」羽鳥はぎくしゃくと頷き「恋愛とは遠い位置にいたね」

「いた？　過去形？」

「いや、今も」苦笑いを浮かべ「恋愛というか、そもそも、人付き合いが苦手だから」

「そっかぁ。芽以ちゃんはそうだよね。ずっと」咲本が腕時計に目を落とし「えっ、てかふつうに六時過ぎてる、やば、遅刻じゃん」

「え」羽鳥もスマートフォンを確認する。「ほんとだ」

「行こ行こ！　早く！」

慌てて部屋を出る。

19：15

井波「やっぱ、蟹《かに》うますぎ、もう蟹しか食いたくねぇ」

エノキを手でほぐす井波を見て、咲本が笑う。

「おい、あのときそんな笑ってなかっただろ」井波は手酌《てじゃく》でビールを注ぎ「ちゃんと八年前に忠実にやれよ」

「えぇ〜だって嘘すぎるんだもん」笑いすぎて出た涙を、咲本が指の背で拭う。「蟹じゃないもん。エノキだもん」

庭田と羽鳥も笑みを浮かべているが、咲本だけが、異様に笑っている。溢れ出る涙を追うように笑い、指で何度も拭う。

「蟹がねぇんだからしょうがねぇだろ」

「すみません」璃佳が謝る。「コース、間違えて予約してしまって」

「大丈夫」庭田が箸《はし》で挟んだ白菜をポン酢に付け「どのコースだったか、わかんねぇよな」

「すみません」

「いや全然。奮発しようぜってことで、蟹にしたんだよな、たしか」井波がエノキの軸を指で摘まみ、蟹の脚さながら口へ運び「卒業旅行も兼ねてっから」

「熱いでしょ、しゃぶしゃぶしたエノキ素手で持ったら」咲本がさらに笑う。

「ポン酢に付けた段階で冷めてるから、余裕」

「でも変だって。箸使おうよ」

咲本がグラスの水を一気に飲み、呼吸を整える。「はぁ。笑った」笑いと涙が、すっと引いていく。

「あの、再開していいですか?」璃佳が四人を見回す。

相槌が打たれる。

「じゃあ、再開します」

手を叩く。

井波「やっぱ、蟹うますぎ、もう蟹しか食いたくねぇ」
庭田「いや、蟹しか食わなかったら飽きるだろ」
井波「飽きない。一生蟹で良い。一生蟹が良い」
羽鳥「私、蟹とか海老《えび》好きなんだけど、」
井波「うん」
羽鳥「たまにふと冷静になって、『虫じゃん』って思っちゃうときある。フォルムが虫じゃない？　蟹とか海老って」
井波「ぜんぜん虫じゃねぇし、蟹食ってるときにふと冷静になれるのやばいだろ。そんな人間いねぇよ」
木村「（ひとしきり笑って）でも羽鳥さんの気持ち、ちょっと分かるなぁ。海老の脚とか、だいぶ虫だよね」
井波「共感すんなよ。てかみんなで蟹食ってるときに虫とか言うなよ。禁止ワードにしようぜ」
咲本「ほんとそう。虫の話やめよ〜。演劇の話戻ろ〜」
庭田「なんの話してたっけ？」
咲本「えっと、俳優としての哲学を、持ちすぎないほうがいいって話じゃなかったっけ」
羽鳥「そうそう。それだ。（ビールで喉を潤《うるお》し）私は俳優としての哲学って、ないほうがいいと思ってる。なければないだけいい」
庭田「……えー」
羽鳥「舞台って、劇作家の書いた戯曲を、演出家の指示通りに、俳優が具現化していくものでしょ？　全部兼ねて一人のパターンもあるけど、基本的には複数の人間が志向するものを、みんなでまとめ上げていく芸術じゃない」
井波「そうね」
羽鳥「そう考えたときに、俳優としての哲学って、正直邪魔でしかないんだよね。演出家はああ言ってるけど、自分はこう思う、こうしたい、みたいなのが、少なければ少ないほど良い。俳優が表現の理想像を持っちゃうと、芝居のノイズになって、良いことがひとつもない」
木村「んー、僕はそういうの、俳優みんな持ってたほうがいいと思うけど」
羽鳥「邪魔じゃない？」
木村「邪魔というか、邪魔になるような哲学なら、それは哲学とは呼ばなくない？」
羽鳥「……まぁ言葉はあれだけど」
木村「ノイズがあってこその舞台というか、ノイズって言い方も良くないね、うん。とにかく、俳優には、自分でいろいろ考えて欲しい。みんなで演劇を作りたい。演出家の想定と寸分たがわない芝居が出来上がっちゃったら、みんなでやる意味がなくない？」
羽鳥「うーん。自分の想定通りの舞台を作り上げるのが、演出家の仕事じゃない？」
木村「それはそうなんだけど、だったら小説を書いたり、漫画を描いたりで事足りるじゃない。演劇は、他者理解の芸術だから。戯曲を理解して、演出を理解して、俳優を理解して、お互いがお互いを理解することで、ようやく完成する芸術だから。たくさんの人生が交差して上演されるところが、僕は演劇という表現の、唯一無二の素晴らしさだと思ってる。だから、僕ももちろん演出は付けるけど、俳優には自分の哲学に則《のっと》って、のびのび演技して欲しい」
井波「俺もそのタイプだなぁ」
庭田「おれも。というか木村、めちゃくちゃ良いこと言うわ」

羽鳥「……私の味方がいない」
咲本「わたしは芽以ちゃん派だよ！」
羽鳥「……ありがとう」
井波「俺、作・演出って一回しかやんなかったけど、俳優側の解釈とか、じゃんじゃん持ってきてくれるほうが好きだったな」
羽鳥「それは演出家としての軸がぶれてるからじゃない？」
井波「まぁ初めての演出だったし、それはあるかもな」
羽鳥「木村くんの言いたいことも分かるんだけど、それは理想論というか、キレイゴトというか、やっぱり演出家は、自分の思い通りに舞台を作り上げなきゃだめだと思う。だから私、純粋な俳優よりも、他で脚本・演出やりながら俳優やってる人のほうが、良い俳優多いと思うんだよ」
庭田「なんで？　逆じゃね？」
羽鳥「脚本・演出を他でやってる人は、人の芝居に出るとき、自分の我を出さないよう、より一層気を付けるじゃない」
庭田「……そういうもん？」
羽鳥「私は自分で脚本・演出もやるから、木村くんの芝居に俳優として出るときは、徹底的に空っぽになるよう意識してる。自分の理想は自分が演出家のときに追求すればいいから、俳優のときは百パーセント木村くんの理想に従える」
庭田「そんなんで俳優やってて楽しいか？」
羽鳥「楽しいか楽しくないかじゃなくて、俳優ってそういうものじゃない？」
庭田「いや楽しみてぇわ。じゃないとやる意味なくね？」

井波「でもあれだよな、咲ちゃんはふわふわしてるけど、芝居楽しんでそうだよな」
咲本「楽しいよ〜。わたし特に哲学とかないけど、楽しい。言うこと聞いてれば褒めてもらえるし」
羽鳥「そう。咲本さんは、そこが素晴らしいの。わたし劇研でいちばん才能ある俳優は咲本さんだと思ってる」
咲本「またまた〜、そんなことないよ〜」
羽鳥「そんなことある。咲本さん、自分の意志が、あんまりないでしょ？　演出家の言われた通りにすることに、一切抵抗がないでしょ？」
咲本「……俳優ってそういうものじゃない？」
羽鳥「出来ない人も多いよ。それが出来るのが、咲本さんの才能だと思う」
木村「そうだね。俳優の才能っていろいろな種類あると思うけど、咲本さんは、人に言われたことをそのままやるのが、本当にうまい。すべての演出家が重宝する才能だよね」
咲本「褒めすぎ褒めすぎ。わたし、中身がないだけだよ」
羽鳥「それが才能」
咲本「（笑って）それもう、褒めてる風のディスりじゃない？」
井波「咲ちゃん、まじで中身がない！　他の追随を許さない中身のなさ！　空っぽの女王！」
咲本「ほらもういじってんじゃん」
羽鳥「井波くんはふざけてるけど、私は本気だから」
咲本「でも実際、わたし空っぽなんだよね。表現したいこととかないし、流されて生きてるだけっていうか。……空っぽって言っちゃうとなんかあれだけど、基本なんでも受け入れるし、自分がなんか、容器？　みたいな感覚が、ずっとあるっていうか。だから作・演出とかは絶対無理」

木村「へぇ」
庭田「咲本らしいな」
井波「俳優の才能がありすぎる」
咲本「井波くんだけずっとバカにしてるよね？」
井波「してないしてない。(笑って) 咲ちゃんって、なんで劇研入ったんだっけ？」
咲本「……言ってなかったっけ？」
井波「聞いたかもしんないけど、忘れた。俺、劇研入ったの二年になってからで、一年のとき の咲ちゃん知らないし」
庭田「高仲《たかなか》さんいたからじゃね？」
咲本「……よく覚えてるねぇ」
井波「高仲さん？ 誰？」
木村「僕らが一年のときの、四年生の先輩。すらっとしてて、美形の、」
井波「あぁ、三個上だったら俺知らねぇわ」
咲本「……新歓のチラシ配ってた、四年の先輩がかっこよかったから、なんも考えずに入会しちゃった。でもその人、同じ四年の美人の先輩と付き合ってて、こりゃ勝ち目ないな、辞めようかなって時期に新人公演があって、ぜんぶ言われた通りのことやってたらすごい褒めてもらえたから、なんとなく続けちゃって、今に至る」
井波「咲ちゃんもだいぶかわいいけどなぁ」
咲本「えへ～。ありがと」
庭田「咲本も一年の頃と比べると、だいぶ垢抜けたよな」

咲本「ありがとうだけど、それ庭田くんに言われるの、地味にむかつくね」
庭田「や、ちがくて、ずっと垢抜けてないおれが言うのもあれだけど、最初から、その、ほら、かわいかったけど、学年上がって、より、っていう、」
咲本「必死のフォローありがとう！」
庭田「や、すまん、……でも、あれだよな、高仲さんより、その、木村のが、イケメンだよな」
咲本「そうなの！　だから結果的に超ハッピー！　いえい！」
木村「(笑い) そんなことないけど、咲本さんがハッピーでよかった」
井波「そういえば木村、あれどうなったの？」
木村「……あれって？」
井波「その、戯曲の賞に出すって言ってたやつ、どうなったんかな、って」
木村「「まなざし戯曲賞？」」
咲本の木村に、羽鳥の木村が重なる。
「わ、ごめん」咲本が謝る。
「いや、私もごめん」羽鳥が思い詰めた表情で「ここ私、長いこと黙ってた気がするから、私が木村くんやってもいい？」
「いいよ！　ぜんぜん」咲本が微笑む。「どうぞどうぞ」
「……大丈夫ですか？　再開してしまって」璃佳が心配そうに尋ねる。
「うん、大丈夫」羽鳥が背筋を伸ばし「お願いします」
手を叩く。
井波「その、戯曲の賞に出すって言ってたやつ、どうなったんかな、って」

木村「まなざし戯曲賞?」
庭田「え、なんだっけ、それ」
木村「『まなざし』は分かる?」
庭田「当たり前だろ。人気劇団じゃん」
木村「そのまなざしが、若手劇作家を発掘したいとかで去年から始めた公募戯曲賞なんだけど、もし最終候補に残ってたら年内に連絡があったらしくて、特に何も連絡なかったから、予選落ちだった」
庭田「……まじか」
木村「うん。けっこう自信あったから、ショックだったな。もし大賞獲れたら、まなざしが上演してくれることになってて、自分の戯曲があのまなざしの俳優陣と演出でどう表現されるか楽しみだったんだけど、ダメだった。シンプルに実力不足だった」
井波「いや〜、まじかぁ、木村でダメなのか〜」
木村「応募資格は二十五歳以下で、ライバルは同年代だけだし、いけるかな、と思ったんだけどね」
咲本「その戯曲って、十月公演のやつ?」
木村「ちがうよ。劇研では上演してないやつ。応募用に書き下ろした」
井波「やば。木村書きすぎじゃね?」
木村「そうでもなくない?」
井波「そうでもあるわ。よくそんなぽんぽん新作書けるよな」
木村「だって、舞台の上でやってみたいことが、たくさんあるし。人生は有限だから、のんびりしてる時間がもったいないというか。どんどん書いて、どんどん上演したいじゃない」

ばちんと鳴り、芝居が止まる。

「……兄はこのとき、死ぬことを予感してたんですかね？」重く、沈んだ声で「近いうちに、死ぬかもしれない、って」

「……どうだろう」羽鳥がグラスで口元を隠したまま「分からない」

「でも、あれだよな、人なんていつ死ぬか分からないって、木村よく言ってたよな？」井波が箸を止め「木村、まじでストイックに演劇と向き合ってて、ちょっと怖いくらいだったけど、生きてるうちに作品たくさん残したい、って考えだったんかな」

「立原道造《たちはらみちぞう》」羽鳥が細い声で、ぽつりと「木村くん、好きじゃなかったっけ？　あと、レイモン・ラディゲ」

庭田が五目ご飯をかき込んだあと「どっちも誰？」眉を寄せる。

「夭折《ようせつ》した作家。二人とも」羽鳥は答える。「立原道造は詩人で、二十四歳で亡くなってる。レイモン・ラディゲはフランスの小説家で、二十歳で亡くなってる」

「二十歳？　早っ」

「だから木村くん、いつ死んでも後悔しないよう、作品を作り続けてたんだと思うよ」

「なるほどなぁ」井波はお猪口《ちょこ》を傾け、神妙に頷き「あいつ、かっこよかったよな」

「戯曲書いてるのって、」璃佳が改まり「兄以外だと、羽鳥さんと井波さんだけですか？」

一瞬の目配せを経て、「そうだよ」庭田が答える。「おれは書いてみようとしたことあるけど、結局一本も書けなかったな」

「継続的に書いてたのは、木村と羽鳥さんだけじゃね？」井波がお猪口を揺らし「俺、三年のときに脚本・演出一回だけやってみたけど、それっきりだし」

「あれ、面白かったけどな」庭田が咲本の手元に目を遣《や》る。皿ごと手つかずになっている小海老のかき揚げを指差し「それ、食わないならもらっていい？」

「いいよ～」咲本が皿を渡す。「わたし、お腹《なか》いっぱいで」

「あざす」庭田が受け取り「やっぱ芸能人って少食なの？」

「太らないようにはするよね」抑揚のない声で「むしろ食べてくれてありがと」

「うす。で、話戻すけどさ、おれ正直、」さっそくかき揚げを嚙みながら「井波があの一本だけで辞めたの、めちゃくちゃもったいねぇと思ってる」

「そうか？」井波は力なく笑い、日本酒を口に含む。「可もなく不可もなくって感じで、別に面白くはなかっただろ」

「いや、面白かった」庭田が言い切る。「ぶっちゃけ、俺は木村と羽鳥よりも、井波の戯曲のが面白かった」

「やめてくれよ」井波の口元は笑っているが、目が笑っていない。「あれ、木村と羽鳥さんに比べて、わかりやすいだけなんだよ。小手先のエンタメやってるだけで、芯がない。底が浅い。薄っぺらい」徳利《とっくり》に手を伸ばし、手酌で注ごうとするも、数滴落ちるだけで、器は満たされない。その数滴で口を湿らせ「俺、才能とかねぇしな」

「そんなことないだろ」

「井波くんの芝居、わたしも面白いと思ったよ」咲本が言う。「戯曲書くの初めてなのに、あんな上手くまとめられるのすごいし、めちゃくちゃ器用だなって思った」

「器用は褒め言葉じゃねぇって」井波くんが語気を強め「木村とか羽鳥さんのに比べて、深みがなかっただろ」

「私ももったいないとは思った」羽鳥が井波を見つめる。「エンタメをきちんと書き切れるのは才能だよ。続けていれば、もっとすごい芝居を書くだろうなって」

「天下の岸田賞作家様に言われてもねぇ、こっちだってもう三十なわけで、」

「それやめてくれる？」羽鳥の声が冷え、ざらつき「そういう言い方されるの、すごく嫌。二度と言わないで」

「……でも実際、岸田賞獲ったわけじゃん。才能あるわけじゃん」

「才能とか、ないよ、別に」羽鳥がグラスのふちを見据え「大学の頃、私ぜんぜんだったじゃん」

「そうなんですか？」璃佳が驚く。

「ぜんぜんだよ、二年に上がってすぐの新人公演だって、戯曲読んだみんなが多数決して木村くんの作・演出に決まったたし、そのあと私の作・演出で打った公演どれもアンケート散々だったし、卒業公演も当然のように木村くんの作・演出でやろうって流れになったたし、」空のグラスを、縋《すが》るように握りしめ「才能、ないのに、無理矢理やってきたんだよ。ない才能でっち上げて、自分もみんなも騙《だま》して、何が何だかわからないまま、必死にやってきたんだよ」

空気が澱《よど》み、時間の感覚が引き伸ばされる。

衝立《ついたて》の向こうから、食器が触れ合う音と、家族の笑い声が聞こえる。

璃佳は時計を確認し「食べ終わってすぐ、」ためらいがちに「花火しに行ったんですか？」

「……いったん部屋戻って、」庭田が受け「コートとか取り行ったりしたかな。花火も部屋置いてきたから、それも取りに行って」

「なるほど」

「でもこの後、デザートが来るはず」

言ったそばから、デザートが配膳《はいぜん》される。
暖房が重くまとわりつき、会話が滞る。
羽鳥は小さなスプーンを手に取る。
柚子《ゆず》のシャーベットをすくって、舌を冷やす。

20：09

雪がちらほらと残る空き地を、街灯が淡く照らす。
手が打ち鳴らされる。

井波「（羽鳥のかざすライターに花火の先を近づけ）羽鳥さんって、花火見てキレイとか思うん？」
羽鳥「何その、失礼な質問（井波のと交差させるように、花火の先を炙《あぶ》る）」
井波「いや、（着火し、鮮やかな光が噴出する）あ〜冬の花火、いいわ」
羽鳥「私のこと、（着火する）感情失《な》くしたロボットと思ってる？」
咲本「ちょうだい、火、（井波の出す火花で自身のを着火させ）わっ！　キレ〜」
庭田「ろうそくとかあったほうが良かったんじゃね？（同様に咲本の火をもらう）」
木村「（庭田の火をもらい）でも、こうしてみんなの火を継いで、光が途絶えないようにしていくのも、なんだか乙《おつ》じゃない？」
庭田「まぁな」

ぎゅっと寄り集まり、以後は互いの火を点《つ》け合いながら話す。
木村「冬で、空気が澄んでるから、こんなキレイに見えるのかな」
咲本「そうかも」
井波「ロボットではなくね？」
庭田「なんの話？」
井波「羽鳥さんの話」
庭田「……どういう文脈だっけ」
井波「や、俺がさっき、羽鳥さん花火見てキレイとか思うの？　って訊いたら、私のことロボットと思ってる？　って」
庭田「あー」
羽鳥「すごく失礼」
井波「で、実際思うの？　羽鳥さん。花火キレイ〜って」
羽鳥「……思うけど、言わないかも」
咲本「なんで？」
羽鳥「なんかこう、自意識が許さないというか」
木村「羽鳥さん、むしろロボットの対極じゃない？」
羽鳥「どういうこと？」
木村「自意識こじらせすぎて、誰よりも人間臭いと思うよ」
羽鳥「……これは喜んだほうがいいやつ？」

木村「どっちでも大丈夫」
庭田「羽鳥、『花は見るものじゃなく食べもの』とか言ってた時期あるよな」
咲本「あ〜、あったね！　その時期！　めっちゃ懐かし〜」
井波「何それ何それ」
木村「そうか、井波くん二年から加入だから、その時期知らないのか」
羽鳥「やめて、」
庭田「羽鳥がさ、公園行くたび、花食うんだよな」
井波「……は？　どゆこと？」
羽鳥「やめて、ほんと、忘れて……」
庭田「『私、昔から花食べるの好きだったんだよね。私にとって、花は見るものじゃなく食べもの』とか言いながら、花壇の花ちぎってむしゃむしゃ食べてたな」
井波「……え、それふつうに、怒られるやつじゃね？」
羽鳥「ほんとやめて……その話しないで……あのときの私、ほんとどうかしてたから……」
井波「え、なんで花食べてたの？」
羽鳥「……なんか……その……かっこいいと思って……」
井波「かっこいいか？」
羽鳥「かっこよくないよ！　今は分かるよ！　でも当時は、大学入学したてで、どうかしてることをかっこいいと思ってたんだよね……おかしいよね……」
木村「当時もかっこよかったよ」
羽鳥「かっこよくないから！　傷口ひろげないで！」

井波「……花火、食べる？」
羽鳥「食べない！　死んじゃうでしょ」
庭田「死んじゃうか？」
羽鳥「分かんないけど」
咲本「病気にはなりそうだよね。いっぱい食べたら」
井波「百本とか？」
咲本「百本食べたら死ぬでしょ。分かんないけど」
庭田「羽鳥も大人になったよなぁ」
羽鳥「……大学一年のときに比べたらね」
井波「俺らも春から社会人か〜」
庭田「井波と咲本だけだろ」
井波「そうだった」
木村「すごいよね、井波くん、大手たくさん受かって」
咲本「わたし就活失敗勢だから羨《うらや》ましいよ〜。親に『啓栄出たのにそんなよくわからん会社でいいのか？』とかめっちゃ言われたもん」
庭田「いいなぁ。さすが井波」
井波「庭田はそもそも就活してねぇだろ」
庭田「……そうなんだけどさ」
井波「俺は逆に、就活すらしないで、俳優一本で夢追いかける庭田のがすげぇと思うわ」
庭田「……だいぶ不安だけどな」

井波「でもやるんだろ？　俳優」
庭田「まぁな。（しばらく炎を見つめ）五年後とか、十年後とか、やっぱふつうに就職しときゃよかったなぁ、とか、思うんかな」
井波「そう思わないように頑張れよ」
庭田「……だよな」
咲本「木村くんと芽以ちゃんは大学院だよね？」
羽鳥「うん。木村くんは啓栄残って、私は他大だけど」
井波「芝居、続けんの？」
羽鳥「続けるよ。大学院とは別に、四月から演劇の学校も通う。大学院在学中に、自分の劇団を旗揚げするのが目標」
咲本「すごいなぁ、芽以ちゃん。なんでそんな、行動力あるの」
羽鳥「やりたいことがハッキリしてるから」
咲本「……すごいね」
井波「木村も続けんでしょ？」
木村「もちろん」
庭田「どっか学校通ったりすんの？」
木村「学校通ったりはないかな。大学院で演劇の研究しながら、ツテを頼っていろいろな舞台に出させてもらったり、演出助手やらせてもらったりして、経験を積むつもり」
咲本「いつか劇団、立ち上げるの？」
木村「いつかね。でも、あまり劇団とかの枠にとらわれず、自由にやっていきたいと思ってるよ」

井波「木村将来、岸田賞とか獲るんじゃね？」
木村「どうだろう。獲れるかなぁ」
咲本「ぜったい獲れるよ〜」
木村「でも、賞がすべてってわけでも、もちろんないしね。とにかく、やってみたいことをたくさんやって、頭の中を日々具現化して、死ぬ瞬間まで何かを作りながら、生きていたいな」
咲本「応援してる」
木村「ありがとう」
井波「庭田、木村の劇団入れてもらえばいいじゃん」
庭田「いや、いいよ、だって木村、劇団作るかまだわかんねぇんだろ？」
木村「劇団員という形になるかはわからないけど、今後も庭田くんと一緒に演劇やりたいとは思ってるよ」
庭田「……でもやっぱ、やめとくわ」
咲本「なんで？」
庭田「おれ、分かりやすい、派手な芝居が好きだし。まぁおれはおれで、やりたいことやってくよ。舞台呼んでもらえるよう、演劇界隈《かいわい》の知り合い増やして、あとオーディションとかもいろいろ受けてさ。俳優として独り立ち《ひとだ》できるよう、まずは一人で頑張るわ」
木村「庭田くんならきっと、良い俳優になれるよ」
庭田「……ありがとな」
井波「もしどうにもなんなかったら、羽鳥の劇団入れてもらえばいいしな！」
羽鳥「……え、……どうしよう」

庭田「今すげぇ嫌そうな顔したな」
羽鳥「……嫌じゃないけど、あれかも、求める演技のジャンルが、若干違うかも」
井波「いつか、劇団フラワーイートの看板俳優になってる庭田、見てみてぇな」
庭田「わかったわかった、羽鳥には頼らず、一人で頑張るから。安心してくれ」
羽鳥「そんな劇団名にはしない」
井波「劇団花喰《はなぐ》い」
羽鳥「ぜったい嫌だ」
井波「劇団、チューリップがいちばん旨《うま》い」
羽鳥「どれが美味《おい》しいとかなかったから」
木村「咲本さんは、演劇続けないんだっけ？」
咲本「そだよ〜。わたしは卒業公演がラスト！」
羽鳥「……咲本さん、才能あるのにもったいない」
咲本「ないない。わたし、どこにでもいる人間だもん」
井波「んなことねぇだろ。演技めっちゃ上手いじゃん。あとかわいいし。芝居、続けりゃいいのに」
咲本「いいのいいの。わたしそんな、情熱とかないもん。フツーに就職して、結婚して、子ども作って、どこにでもある人生歩んでくよ」
井波「……もったいねぇ」
庭田「井波は続けんの？　芝居」
井波「そこなんだよなぁ……どうしようかな、まじで……」
羽鳥「会社に勤めながら演劇続ける人も、たまにいるよね」

井波「まぁ、働いてみないとわかんねぇかなぁ。フルタイムで働いて、残りの時間ぜんぶ演劇に費やすことになったら、まじで休む暇ないだろうし」
木村「続けてほしい」
井波「いや、俺も続けたい気持ちはあるよ。あるけど、」
木村「でも、無理しすぎて身体壊したりとかは、しないでほしい」
井波「ありがと。……まぁ、無理のない範囲で、考えとくわ」
庭田「出るだけじゃなくて、また戯曲書いてくんね？　おれ、井波の本好きなんだよ」
井波「いやぁ、それはもうしねぇなぁ。やってみて分かったけど、おれ俳優のほうが向いてるわ。俳優も別に向いてねぇけど、劇作家とか演出家よりは、うん」
庭田「えー書けよ」
井波「お前が書けばいいだろ」
庭田「いや、おれはまじで向いてない。書けたためしがない」
井波「いけるいける」

全員の火花が消え、辺りが暗くなる。

木村「……みんな、元気にやっていこうね」

間

木村「演劇を続けても、続けなくても、元気にやっていこうね」

　手を叩く。璃佳は四人の顔を見回していく。

　暗く、表情が読み取れない。

「兄は、ここからあと十時間もせず、死んでしまうんですか？」璃佳の声が掠れる。「こんな、未来を前向きに語っている人が、次の朝で死んじゃうんですか？」

　返事はない。

「兄はなぜ死んだんですか？」

　返事はない。

「心当たりあるなら、言ってくださいよ。あたし、こんなんじゃ到底納得できないですよ」

　返事はない。

「この後、何があったんですか？」

　どれだけ待っても、声は返ってこない。

「もういいです」燃え尽きた線香花火を、水を溜めたバケツに投げ捨て「続けましょう。分かるまで、続けるしかないでしょ。この後どうなったんですか？　……いい加減、誰かしゃべってくださいよ」

「花火、」井波が絞るように声を発し「終わったら、片付け組と、」徐々に声量を取り戻し「買い出し組に別れた」

「このまま解散ですか？」

「そう。俺と咲ちゃんが片付けで、」地面に落ちた紙屑《かみくず》を拾い、レジ袋に放《ほう》る。「木村と庭田と羽鳥さんが買い出し」

咲本がそろりと、井波に寄る。

庭田と羽鳥もまとまり、空き地の出入り口へ数歩近づく。

璃佳がふた組を交互に見て「どっちかしか、付いていけないですもんね」

「そうね」井波が咲本をちらりと見る。「どうしようね」

少し迷った末、「井波さんたちに付いていきます」璃佳が告げる。

夜風が止《や》む。

「……なんで？」井波の声が揺れ「俺らただ、花火片付けてただけよ？」

璃佳は瞬きもせず、井波を見据える。

「木村のいたほう、」井波は庭田と羽鳥を見遣り「付いてったほうがよくね？」

庭田の視線が井波を掠め、咲本へ向く。

咲本は俯き、汚れた雪が、闇《やみ》にぼんやり光るのを見ている。

「井波さん咲本さんに付いていきます」璃佳は明瞭《めいりょう》な声で「羽鳥さん庭田さんのほうは、後でお話を聞かせてください」

井波は息を呑み「いいけど」乾いた声を返す。

「おれらはもう、」庭田が空き地の外を指差し「コンビニ向かっちゃっていいの？」

「はい、大丈夫です」

璃佳が頷く。

「あ、じゃあ、ここから」

手を叩く。

井波「（去り際の庭田に）庭田〜、チーズちくわ買っといて」

庭田「あれうまいか？」
井波「うまいだろ」
庭田「じゃあまぁ、あったら買っとくわ。咲本はなんかリクエストある？」
咲本「特にないよ～」
庭田「うっす。じゃあまた」

庭田、羽鳥、木村が空き地を離れる。

井波「(足元のゴミを拾い) とりあえず、この辺落ちてるゴミ、片付けちゃうか」
咲本「そだね」

意外とゴミは少なく、一分も経たずに拾い終わる。

咲本「ゴミ、あんまりないね」
井波「な」

間

井波「じゃあ戻るか」
咲本「うん」

井波が水を張ったバケツを、咲本がゴミ袋を持ち、並んで宿までの道を歩く。

咲本「一人で重くない？　それ」

井波「いや、余裕」

咲本「花火、楽しかったね」

井波「な。キレイだったわ」

宿の前に辿り着く。

井波が入り口の自動ドアへ、咲本が駐車場へ向かおうとする。

「ちがくない？」井波が立ち止まり、口にする。

「え？」咲本がきょとんとする。

「宿の人に託したじゃん」

「……最終的にはそうだけど、まず自分で片付けようとしなかったっけ」

「あー、」井波が長い間を置き「そうだっけ」

「あっちにほら、」咲本が駐車場の隅を指差し「水道あるし。あそこで」

「え、片付けるって、どうやってやんの」

「えっ？　水捨てて、ゴミと分けたんじゃないの？」

「いや、たしか花火って、捨てる前に一晩水浸《つ》けとかなきゃいけないんだよ。危ないから」

咲本が固まり、井波を見つめる。「てことは、」瞳の奥を見透かすよう、じいっと見つめ「帰ってすぐ、宿の人に渡して、終わりってこと？」
「そうだったじゃん」
ためらうような一瞬のあと、「あー、」咲本が頷く。「そうだった。ごめん、なんか、勘違いしてた」
「いや、大丈夫」
沈黙が横たわる。
「再開していいですか？」璃佳が訊く。
返事を待たず、手を叩く。
井波「たしか花火って、捨てる前に一晩水浸けとかなきゃいけないんだよ。危ないから」
咲本「……じゃあ今、出来ることあんまなくない？」
井波「そうなんだよ。どうしよっかな。バケツ、部屋置いとけばいいかな」
咲本「フロントで借りたんだよね？」
井波「バケツ？　そうだよ」
咲本「フロントに一晩置いといてもらえないか訊いてみる？」
井波「あー、そうすっか」

井波がバケツを、咲本がゴミ袋を持ったまま自動ドアをくぐり、フロントへ向かう。

井波「あの、すいません、借りたバケツで花火やって、いま終わったとこなんですけど、火薬があれですぐ捨てると危ないみたいなんで、朝まで預かってもらうこと可能ですか？」

フロント「あ、でしたら、こちらで処分しておきます」
井波「いいんですか？」
フロント「もちろんでございます。あ、そちらのゴミ袋も、こちらでお預かりしてしまいますね」
井波・咲本「ありがとうございます」

フロントを離れる。

井波「なんか、すぐ終わっちゃったな」
咲本「ね」
井波「コンビニ組と合流する？」
咲本「……今から行ってもじゃない？」
井波「たしかに」

エレベーターへ向かう。ボタンを押す。

井波「鍵、持ってる？」
咲本「持ってるよ」
井波「そっか」
咲本「うん」

間

咲本「お風呂《ふろ》とか入って、十時から部屋呑みだよね？」
井波「そう」
咲本「男の子の部屋？」
井波「そりゃそうだろ。……え、いいの？　逆に」
咲本「いや、ダメだけど」
井波「だよな」

エレベーターが到着する。中には誰もいない。乗り込む。
井波が四階と五階のボタンを押す。
沈黙のまま、エレベーターが四階に到着し、井波が降りる。

井波「じゃ、また」
咲本「うん。またね」
去ろうとする井波に「ちょっと、いったん戻ってください」璃佳が声を掛ける。
井波が引き返す。
咲本が開ボタンを押したままにしているので、
「いったん降りましょうか。ここで話しましょう」

エレベーターホールで、立ったまま向かい合う。

「お二人は、ここで解散したんですか？」

「そうだよ」井波が答える。「俺が四階で降りて、解散」

「咲本さんは？」

「わたしもふつうに、井波くん見送って、五階で降りて、部屋戻ってた」

「……本当ですか？」

「本当」「ほんと」

「そうですか」璃佳が低く呟き、床の模様を見つめ、ゆっくりと顔を上げ「部屋で、何してたんですか？」

「ごろごろしてた。ふつうに。スマホとか見て」

「わたしもそんな感じ」咲本も答える。「それで、芽以ちゃん戻ってきて、一緒にお風呂行ったよ」

璃佳は押し黙り、しばし考え込む。

「ひとまず、分かりました」

エレベーターのボタンを押す。上へ向かうエレベーターが、十五秒ほどで到着する。「咲本さんと、部屋に戻ります」璃佳が咲本を振り返り「戻ったら、ひとりの時間を、あたしに上演してください」

「……いいけど」

璃佳と咲本が乗り、ドアが閉まる。

エレベーターの駆動する気配が、ドア越しに伝わる。

20:49

「そういやさ、あのときの店員、」庭田は買い物カゴに缶ビールを並べ「くっそ頑固かったよな」

「あー」羽鳥が冷蔵用のガラス扉を押さえつつ「あれだよね、最初の人だよね」

「そう。坊主《ぼうず》の」庭田が手を止め、顔をしかめ「学生証じゃダメ、とか言ってきて」

「なんか、公的機関が発行した身分証じゃないと、みたいな」

「まじぶち切れそうになったわ」怒りが再燃したように「だって意味わかんなくね？　啓栄の、ちゃんとした学生証なのにさ、これじゃ年齢確認できないの一点張りで、いや他のコンビニとか居酒屋だっ「ひとまず入れちゃわない？　飲みもの」羽鳥が左手で扉を押さえたまま、棚のレモンサワーに右手を伸ばし、庭田のぶら下げるカゴに置く。「あんまり開けとくと、冷気が」

「あぁすまん」アルコール度数が低めのチューハイや、烏龍茶《ウーロンちゃ》の大きいペットボトルをカゴに詰め「こんなもんでいいか」

「うん」羽鳥が扉を閉める。「あのとき、木村くんが免許証、」

「そうそう」庭田がまた語調を荒らげ「いや免許証なら、とか言われても、おれ免許ねぇし、つか免許証と学生証で何が違《ちげ》ぇんだよ、一緒だろ、みたいな。そしたら木村が『部屋にあるから、僕取ってくる』って」

「早かったよね」羽鳥が目に掛かった前髪を指で流し「すぐコンビニ出て、走って。止める隙《すき》もなく」

「一瞬だったよな」庭田が笑い「『なんで持ってこなかったんだろ！　ほんとごめんね！』とか

言いながら」

「真面目だったよね。木村くん」

「な」

「結局、なくても買えたのに」

「そう！　そっちはそっちでむかつくんだよな」通路を移動し、チーズちくわやスナック菓子をカゴに放り「木村が行っちゃって、待ってたじゃん？　いったんレジから離れて。で、坊主の店員が裏引っ込んで、おっさんがレジ入ったからさ、一応、ってチャレンジしたら、ふつうに学生証でいけて、なんでやねん！　ってなったよな。特大のなんでやねん出たわ。埼玉《さいたま》出身なのに。さっきの坊主はなんだったたん、って。木村が走り損だろ、って」

「懐かしい」

「汗かいてたよな。寒かったのに。木村、『えぇー買えたのぉ？』ってへなへなになってさ。道で。あれ悪いことしたわ」

「連絡すべきだったよね。買えたよ、って」

「な。坊主への怒りが強すぎて、すっかり忘れてた」

レジ台にカゴを置く。

「袋ください」庭田が店員に告げる。「あ、多いんで、二枚」

「あのときまだ、レジ袋無料だったよね？」

「そうかも」

「お会計どっち払ったっけ？」

「おれだった気がする」庭田が年齢確認のボタンを押す。「あとで精算するよな、つってたけど、結局しなかったな」

「それどころじゃなかったよね」羽鳥が苦笑し「あ、じゃあ今回は私払う」

「え、いいよ」

「いい、いい、」年季の入った財布を、決済端末にかざし「これで、あの日の分はチャラってことで」

「あざす」

「もう身分証提示しろとか言われなくなったね」

「さすがにな」

均等に割り振られたレジ袋を、それぞれ持つ。

「河童だ」出入り口近くのお土産コーナーで、羽鳥が立ち止まり「スマホケースとか、いろいろある」

「へぇ」

「うわ、すごい、灰皿だ。河童の皿の。すごいなこれ。河童の皿に灰を落として、心が痛まないのかな」

「欲しいん？」

「いや。禁煙したし」

「あっ、つかやべぇ、ミスったかも」庭田がレジ袋を覗き込み、苦りきった顔で「このビール、まずいかも」

「私あんまり、ビールのおいしいまずい分からない。昔から。舌がバカなんだよね」

「じゃなくて、これ、」一本取り出し、商品ロゴを羽鳥に見せ「咲本がCMしてるやつ」

「……ダメなの？」羽鳥が不可解そうに眉を寄せ「むしろ良いんじゃない？」

「いや、駅で話した感じ、咲本そういうの嫌がりそうだったから」

「なんで？」

「……なんか、今日は芸能人の咲本寧々じゃなくて、劇研の、同期の、咲本として来てるから、的な？」

「あー」声を平坦《へいたん》に伸ばし、ロゴを見つめ「でも良いんじゃない？　別に。CMのあれやって、とか言わなければ」

「そうかな」

「そうでしょ」

コンビニを出て、宿までの道を歩く。

「演劇続けてるの、」羽鳥が口をひらく。「結局、私たちだけだね」

「……咲本は？」

「あの子は、演劇は、辞めちゃったから」

「……あぁまぁ、舞台は、そうか」

「うん」

「羽鳥が声かけたら、出てくれんじゃねぇの？」

「……どうだろうね」羽鳥が分かりやすく苦笑する。「出ないんじゃないかな」

「いや出るだろ。岸田賞獲った羽鳥が、売れっ子の咲本に声かけて舞台復帰させたら、だいぶ話題になりそうだけどな」

「どうだろう」声が沈み「あの子、演劇はもう、興味なさそうだし」語尾が萎む。無言でしばし歩いてから「商業演劇じゃないしね、自由畑は。岸田賞は獲ったけど。それなりに難解だし、規模も中身も、芸能人が出るような劇じゃないよ。あくまで小劇場演劇」

「でも、小劇場の劇作家が、商業演劇の企画に呼ばれて、芸能人と一緒にやるパターンもけっこうあるだろ」

「分からない。そういう話は、今のところ来てない。たぶん来ないんじゃない？　作風的に」羽鳥が首を竦め「とにかく、咲本さんは出ないんじゃないかな。私の演劇には」

「そういうもんか」

「そういうものだね」淡泊に繰り返す。「だからもう、演劇人は、庭田くんと私だけ」

「いや」庭田が口元を歪め「でも羽鳥とおれは、一緒にしちゃダメだろ。おれ、羽鳥と違って、ぜんぜん結果出せてねぇし、」

「けど続けてる。辞めずに」

「……まぁ」腕に食い込んだレジ袋を、手のひらに持ち替え「続けては、いる」

「庭田くんさ、」羽鳥が前を向いたまま「私が岸田賞獲ったって知ったとき、どう思った？」

「どう、って」

「なんで木村くんじゃなくて私が、って思った？　なんで木村くんが死んで、私が生きて、私が岸田賞もらって、って思った？」

「……それは別に、思ってない」

「本当に？」

「本当に」

「新人公演のとき、庭田くんどっちに投票した？」

「は？」

「私たちが二年に上がってすぐの、新人公演。毎年、二年生の誰かが脚本・演出やるのが定番になってて、木村くんが『可能《かのう》なら迎《むか》えに来《き》て』を、私が『冬《ふゆ》の皿《さら》』を書いて、どっちがいいか無記名で投票したとき。庭田くん、どっちに入れた？」

「……覚えてねぇよ」

「覚えてるでしょ。答えて。正直に」

「……木村」

「ほら」

「いや、だってあのときの羽鳥の戯曲、すげぇ難解だったじゃん」

「でも自信あったんだよ。私はあれ、めちゃくちゃ面白いと思ったんだよ」羽鳥の声が波打ち
「あそこからだね。私が、いつか絶対、木村くんを追い越してやると誓ったのは」

「……追い越したじゃん」

羽鳥が黙る。

庭田は羽鳥の横顔を盗み見る。

羽鳥は唇《くちびる》を噛み、地面を睨んでいる。

庭田は羽鳥から視線を遠ざける。

「……死んじゃったら、もう、」羽鳥の口から、今にも千切《ちぎ》れそうな声がひり出され、息が細く震え「死んじゃったら、追い越すも何も、ないでしょ」

乾いた石畳を、街灯が等間隔に照らしている。

「私はまだ、あのとき選ばれなかったこと、納得いってない」

「いやお前、いつまで根に持ってんだよ。岸田賞作家だろ」

「そういうことじゃない。後で評価されたからって、あのときの結果がチャラになるわけじゃない。書いたことない人に、この気持ちは分からない」

庭田は何も言わない。

「ずるいって。死んだりして。もう勝てないじゃん。死んじゃったらさぁ」

遠くの宿の灯《あか》りだけを見つめ、庭田は羽鳥の隣を歩き続ける。

羽鳥はため息混じりに「庭田くん、」縋るように、声を出す。「なんで演劇はじめたの？」

「……言ったことないっけ？」庭田は声の底を意識的に上げたような、軽い口調で返す。

「昔聞いたかもだけど、ごめん、忘れた」

「おれは、三森《みもり》さんに誘われて」

「あー、そうだ」

「高校のとき、野球部ですげぇお世話になってたから」

「あれだよね、二個上の」

「そう」庭田が頷き「野球は高校で辞めるって決めてて、大学で何しようかなって迷ってたとき、三森さんに『劇研来いよ』って声掛けられて」

「……なるほど」

「それまで演劇とか一切興味なかったんだけど、やってみたらすげぇ楽しくて、」

「三森さんって今何してるの？」

「働いてる、ふつうに」

「もう演劇やってないよね？」

「やってない」

「そっか」ハッ、と、空気をこするように笑い「みんな辞めてくね」

「だな」

「続けてる私たちが変なのか」

「羽鳥は、なんで演劇はじめたわけ？」

「私は、」微かな靴音と、レジ袋の響きだけが、ふたりの間を埋め「……親が社長で、小学校からずっと啓栄で、でも私ひねくれてるから、実学的なものへの反発がずっとあって、絶対に芸術で食っていくって決めて。絵も歌も下手だからそれ以外がよくて、中学から詩を書いてたけどしっくり来なくて、なんか気づいたら、演劇やってた」

「そうか」

庭田が立ち止まる。

羽鳥は気づかず、数歩進む。

庭田の遅れに気づき、振り返る。

庭田は羽鳥と目を合わせ、

「演劇と出会えて、よかったな」

澄んだ声で言い切る。

羽鳥は一瞬、軽蔑《けいべつ》するように庭田を見返し「……薄っぺらいこと言わないで」前を向き、石畳を踏み抜く勢いで進む。

「いや、」羽鳥の背中を、庭田は追う。横に並ぶ。「まじで、」

「思ってもないこと、言わないで」

「おれはダメだけど、羽鳥はうまくいってんじゃん。おれは違ぇけど、羽鳥は演劇と出会えてよかったじゃん」

「……言わないで」

懸命に地面を蹴《け》る音が、道の先から聞こえたみたいに、羽鳥は顔を上げる。

視線の先には、誰もいない。

21:27

流れ落ちる湯を、咲本は見ている。黄色い灯りを含み、光を混ぜ返すように溢れる湯が、ヒノキの湯船を満たしていく。

鼻でゆっくりと息を吸い、ゆっくりと吐く。

肺の中身を根こそぎ入れ替えるように、咲本は木の香りを嗅《か》ぐ。

隣には璃佳がいる。

会話はない。

引き戸の動く音がする。羽鳥が胸から下を手ぬぐいで隠しながら、そそくさと歩き、露天の湯船に身を落とす。

咲本、璃佳、羽鳥の順に並び、胸まで湯に浸かる。

手が打ち鳴らされる。

「え、やんの?」咲本が瞠目《どうもく》し、璃佳を見る。「お風呂でも?」

「はい、一応」

「いいけど、」隣の羽鳥を見て「たいしてなんも話してないよね？」

羽鳥が曇り切った眼鏡を外し、手ぬぐいの上に置く。「そういえば、」質問には答えず、凝縮された呼気をはぁと吐き「咲本さん、眼鏡なくて見えるの」

「見えるよ〜。コンタクトに伊達《だて》眼鏡だから」

「あぁ」かすかな返事が、湯を掬《すく》う音に紛れる。羽鳥は右手で湯を掬い、左肩に掛け、左手で湯を掬い、右肩に掛ける。

「まぁ、」璃佳が仕切り直し「何か思い出すかもしれないので、一応やっておきましょうか」

咲本は曖昧に頷く。羽鳥の反応はない。

一回目より強く手を叩き、湯煙がぼわっと散る。

羽鳥、咲本は無言で、幽《かす》かな照明に浮かぶ夜の川を見ている。

咲本「楽しかったね。花火」
羽鳥「(手ぬぐいで眼鏡のレンズを拭《ふ》き) うん」
咲本「思いつきだったけど、やってよかった！　ね？」
羽鳥「(眼鏡を再度装着し) うん」

間

羽鳥「眼鏡掛けても、あんまり景色、見えない」
咲本「暗いしガラス越しだからね〜」

羽鳥「咲本さんはコンタクト？」
咲本「そだよ。高校からずっと」
羽鳥「コンタクトって曇らないの？」
咲本「うん！　だから温泉とか入ってもちゃんと見えるよ」
羽鳥「へぇ。（また曇ってきた眼鏡を外し、手ぬぐいの上に置き）いいや、もう。どうせ見えないし」
咲本「芽以ちゃんもコンタクトにしたら？」
羽鳥「それは無理」
咲本「なんで？」
羽鳥「……なんか、無理」
咲本「まぁ目にプラスチック入れるとか、冷静に考えてあれだもんね」
羽鳥「……まぁ」
咲本「えっ、違う？」
羽鳥「そういうのじゃなくて、自意識の問題で、ちょっと」
咲本「え～なにそれ（笑う）」

間

咲本「木村くんの本、今回も面白かったね！」
羽鳥「そうね」

咲本「最後に立つ舞台が、超楽しそうなやつでよかった」
羽鳥「……そうね。木村くん、すごいよね。本当に」
咲本「すごすぎだよね！　元々すごいのに、めっちゃ努力家だし！」
羽鳥「木村くんの演劇は、演者も、観客も、本人も、全員が楽しそうで、羨ましい」
咲本「あ〜、たしかに」
羽鳥「私は、そんなふうには出来ない。暗い人間だし、人の気持ちというものが、そもそもよく分からない」
咲本「でも芽以ちゃんが作・演出のやつ、わたしめっちゃ楽しかったよ！」
羽鳥「……ありがとう」
咲本「いえいえ〜。こちらこそ」

間

羽鳥「咲本さん、ほんとに演劇辞めちゃうの？」
咲本「辞めるよ〜。フツーに働く。働きながらとかやる体力、わたし絶対ないし」
羽鳥「……そう」

間

羽鳥「続けて欲しい、とか、言うの無責任だよね」

間

羽鳥「私の劇団に入って欲しい、なんて言うの、無責任すぎるよね？」

間

咲本「責任はどうやったって生まれるでしょ、劇団の主宰なんてやったら」
羽鳥「……ごめん、さっきの、言い方おかしかった」

間

羽鳥「私が責任を取る。私が責任を持ってあなたを輝かせるから、演劇、続けてくれない？」

間

咲本「……ん～、そっかぁ、そうくるかぁ」
羽鳥「……だめ？」
咲本「こんな、まっすぐ告られると思ってなかったから、ちょっとびっくりしてる」
羽鳥「……だめかな？」

咲本「そんなすぐ決めらんないよ」
羽鳥「……そうだよね」
咲本「食べていけないでしょ、演劇だけじゃ」
羽鳥「……ものすごく売れれば、」
咲本「無理無理。わたし才能も情熱も華もないもん」
羽鳥「ある。才能も華も。ある」
咲本「情熱がまじでない」
羽鳥「情熱なくても、演劇は出来る。なくていい。わたしは咲本さんの、そこが好き。咲本さんとなら、わたしはゆっくり、遠くまで、歩いていけそう」
咲本「めっちゃ告るじゃん」
羽鳥「……告ってるの？　これ。告ってることになる？」
咲本「なるでしょ」
羽鳥「……そうなんだ。じゃあ、初めてだ」
咲本「……え？」
羽鳥「わたし、初めての告白だ。人生で」
咲本「……芽以ちゃん、いますっごい恥ずかしいこと言ってんの分かってる？」
羽鳥「分かってる。だから顔赤い。さっきから」
咲本「言う前から赤いじゃん。温泉で」
羽鳥「それはそう」
咲本「酔ってる？」

羽鳥「酔ってない」
咲本「お酒飲んでたじゃん。蟹食べながら」
羽鳥「飲んでた。でももう醒《さ》めてる。外歩いたし」

間

羽鳥「私、先上がる（眼鏡を掛け、立ち上がり、前を手ぬぐいで隠す）」
咲本「うん。……またね」
羽鳥「考えといて」

羽鳥が逃げるように露天風呂《ろてんぶろ》を出ていき、咲本はひとり取り残される。

手を叩き「……けっこう大事なこと、話してるじゃないですか」

「話してたね、意外と」咲本は振り返り、羽鳥が消えた扉をしばらく見つめ「……帰ってこないね」

「八年前も、」璃佳が咲本へ視線を移し「羽鳥さんはそのまま、部屋戻った感じですか？」

「うん。部屋の鍵、芽以ちゃんが持ってたし」

「あぁ」

「わたしは長風呂が好きだから、しばらくひとりで浸かってた」

「……じゃあ、このままでいいですかね？」またちらっと、扉を振り返り「羽鳥さん、呼び戻したりしなくて」

「うん、いいと思う。上がったらまた、部屋で一緒になるし」

璃佳は咲本をじっと見つめ「咲本さん、なんで演劇辞めちゃったんですか？」

「んー」咲本は湯を掬い、首筋に掛ける。「なんでって、そりゃあ、木村くんのことがあったからじゃない？」

「でも羽鳥さんと庭田さんは続けてるじゃないですか」

「ね。不思議だよね。なんで続けられるんだろうね」

「兄のことがあっても、続けたかったら続ければよかったじゃないですか。羽鳥さんから、あんな熱烈なラブコールまで受けて」

「熱烈だったね～」咲本はわざとらしい笑みを作り、かさついた声で「だからわたしは多分、演劇がそこまで好きじゃなかったんだろうね」

「本当ですか？」

「本当なんじゃない？　でもまぁ、演技は続けてるから。続けてるというか、なんかたまたま見つかっちゃって、流されるまま。でも辞めてないってことは、演技は好きなんじゃない？　演劇は知らないけど」

璃佳が咲本を、じいっと、視線の熱で焦《こ》がすように見つめ「兄を殺したの、咲本さんだったりします？」

「そんなわけないじゃん～」咲本が手を振り、湯をばしゃばしゃと叩き「どうやってわたしが木村くん殺すのさ～」にこにこと笑う。

「……まぁ、夜はまだ、長いですから」璃佳は咲本から目を逸らし、前を向く。「あたし、本番はここからな気がしてるんです。じっくり、暴《あば》いていきますよ」

「暴くなんてそんな、怖いこと言っちゃって～」

璃佳は何も返さない。

他人の足が、湯に沈んでいく音。

遠い、風の音。

垂れた水滴が、石を打って弾《はじ》ける音。

「もし、今、」璃佳が沈黙を破り「羽鳥さんの演劇に出て欲しいと言われたら、出ますか?」

「え〜なにそれ」咲本は笑みを崩さぬまま「今さらそんなこと言ってこないでしょ〜」

「もし言われたら、どうします?」

「すぐには決めらんないなぁ」咲本は両腕を天に伸ばし、凝《こ》った筋肉をほぐし「まぁでも、」くるっと璃佳を向き「出ないんじゃん? たぶん」

「……そうですか」璃佳は周囲を気にし、あちこちに視線を振る。小声で「さっきから皆さん、すごい、ちらちら、こっちのほう見てきますね」

「あれじゃない? マスクも眼鏡も外しちゃったからじゃない?」

「あぁ」

「芸能人だから、一応」声を落とし、おどけるように「一応、ね」

「出ますか? そろそろ」

「そだね」咲本が身体を動かしかけ「そういえば、」ぴたりと止まり「お風呂出て、部屋戻ったとき、芽以ちゃんいなかった」

「えっ?」璃佳が驚き「そうなんですか?」

「そうだ、思い出した。鍵、芽以ちゃん持ってたから、部屋の前でちょっと待ったんだった」

「……でも羽鳥さん、咲本さんより先に出たんですよね?」

「うん」咲本は立ち上がる。「芽以ちゃんあのとき、なにしてたんだろ」

21：29

井波が湯から上体を起こし、枕《まくら》にしていた手ぬぐいを絞り直す。畳み方を変え、岩のへりに再び敷いたところで、庭田と目が合う。

「今の、」庭田が指を立て、静かにのジェスチャーをする。「あれの音？」

「……あれ？」井波は手ぬぐいに後頭部を乗せ、首から下を湯に浸す。

「芝居が始まる音」露天風呂の仕切りの、屋根とのわずかな隙間を、庭田が指さす。「璃佳ちゃんが手、叩く音じゃね？」

「まじ？」

「多分な」

「風呂でもやってるってこと？」

「そういうことじゃね？」

ばちん、と強く打ち鳴らす音が、仕切りの向こうから聞こえる。

「今、」「ほら、」同時に口にし、「やってんな」「な」笑みを交わす。

「え、俺らもやる？　八年前の上演」

「やんねぇだろ」庭田は石段に座り、腰から下だけを湯に浸けている。「観客いねぇし」

「たしかに」井波はへらへら笑ったまま「木村、ちんこでかかったよな」

「はぁ？」庭田が派手な呆《あき》れ顔《がお》を作り「急になに言ってんだ」

「いや、木村そういうの嫌がるだろうと思って、八年前は言えなかったけどさ、でかくなかったか？　どう考えても」

「いやー、」思い出す間を、長めに挟み「覚えてねぇよ」

「や、覚えてないわけねぇって」

「覚えてねぇもんはねぇだろ。つかおれ、そんなまじまじ人のちんこ見ねぇし」

「見ちゃわね？　自然と」

「見ねぇ」

「いや俺思ったんだよ当時。木村、才能あって、顔も良くて、優しくて、ちんこまででかいの、バグだろって。ずるすぎん？」

「バグって」

「いや、まじでバグ。だって木村、才能ある上にめっちゃ努力しててさ。大学の図書館で演劇の本とか海外の戯曲とか借りまくってすげぇ読《よ》み漁《あさ》ってたし、バイトして節約して金貯《た》めて、学割使って演劇観まくってたし、演劇だけ観てても狭くなるとか言って映画も観まくって、小説とか漫画も読みまくって、一限から授業ある日も朝すげぇ早く起きて戯曲書いたり、ダべってるときも急に『ごめん良い設定思いついたからメモらせて！』とか言ってノートひらいたりするし、卒業公演はリアルでコミカルな会話劇だけど、舞踏っぽいやつとか、モノローグ中心の尖ったやつとかいろいろやりたいってネタ溜めまくってたし、そんなやつが、そんなやつがさ、」井波は息を継ぎ、軽さを保った声を、底からふつふつと震わせ「そんなやつが、ちんこまででかいの、神様のミスだろ、まじで」

言い終えた井波が、貪《むさぼ》るように息を吸い、濃い溜め息を吐く。

庭田は唇に隙間を作り、何かを言おうとして、ためらい、唾をのむ。

「……ちんこ関係ねぇだろ」

言葉が喉に詰まり、無理に押し出したような声を返す。

会話が途切れる。

ガラス越しの暗い川、騒ぐ子どもや宥める父を、井波と庭田は、見るともなしに見る。

親子が露天風呂を去り、井波と庭田だけが残される。

扉が閉まるのを見届けた庭田が「なぁ、」上半身を逆側にひねり、井波を見て「お前、結婚してんの？」

「してる」井波が素っ気なく答える。

「いつから？」

「四年前」

「へぇ。長ぇ」

「違うか、四年半前か、次の六月で五年だから」

「子どもは？」

「いるよ。二歳」

「へぇ」

「庭田は？　結婚してんの？」

「してるように見えるか？」

井波は庭田の赤い髪と、どことなく幼《おさな》い顔立ちを眺め「見えねぇけど」

「だよな」庭田が苦笑し「当たってる」

「え、つーか、えっ、」井波は庭田の顔から、湯に隠れた股間《こかん》へ視線を移し「まさか、お前、まだ、

「なわけねぇだろ」水中で下半身をひねり、反対側へ向け「さすがにそれはないわ。もう三十だぞ」

「え、それはその、そういう、プロの、」

「ちげぇよ。彼女とだよ」

「あ、そうなんだ。彼女はいるんだ」

「……まぁな」

「大学のときいなかったじゃん。初彼女?」

「一応、二人目。あぁでも一人目は二週間とかで別れてるから、実質まぁ、初っちゃ初」庭田が照れを取り繕《とつくろ》うように湯を掬い「つか木村、風呂出るのだいぶ早かったよな? 一瞬しか浸かってなくなかったか?」

「一瞬は言い過ぎだけど、」井波は湯煙を数秒を見つめ「だいぶ早かったたな」

「だよな」

「え、彼女と長いの?」

「……おれ?」

「お前以外いないだろ。幽霊見えてんのか」

「見えてねぇけど、」無意味に湯を、手で掬ってはこぼし「……三年くらい?」

「まぁまぁ長ぇじゃん」井波がにやつき「結婚とか考えてんの?」

「んー、」庭田は両手で湯を掬い、顔を洗うようにこすり、リンパマッサージさながら、頰を指で押し拡げ「どうなんでしょう」

「どうって、お前が決めることだろ」

「んぁー、」肉を外側に寄せた、深海魚みたいな顔で「んー、いやぁ、んんー、」手の力を緩め、顔のパーツを定位置に戻し「井波さ、ぶっちゃけ年収どれくらい？」

「は？」井波が眉間《みけん》に深く皺《しわ》を寄せ「何いきなり」

「や、ごめん、生々しいし、ひさびさ会った友だちにこれ訊くの正直あれかなとは思ってんだけど、ぶっちゃけ、いくらぐらい稼いでる？」

「うわぁ、だよなぁ、やっぱすげぇなぁ、正社員」庭田が赤い髪を掻《か》き毟《むし》る。

険《けわ》しい表情のまま、数秒、口をもごつかせ「……九百くらい？」

「や、つってもあれだぞ？　めちゃくちゃ残業して、これぐらいって感じだぞ？　それに三十だと一千万超えてるやつもざらにいるし、俺なんてぜんぜん、」

「いや、でも、すげぇわ、やっぱバイト暮らしとは違うわ」

「でもほら、えぐいから、残業。ぶっちゃけサブロクとか余裕で破ってるし、仕事忙しすぎて、まじ人間らしい生活できねぇから」

「サブロクってなに」

「労使協定。残業は月何時間までとか労基法で決まってんだけど、それとかもフツーに破ってるし、こっちはこっちでめっちゃしんどいぞ」

「でもさ、すげぇ残業してるってことは、すげぇたくさん仕事振られて、期待されて、いろいろ任されてるってことだろ？　それはシンプルに、すげぇことじゃね？」

「……ぇって、」息が足らず、声が欠ける。「すごくねぇって」かろうじて言い直し「俺、会社に、こき使われてるだけだから」

「そんなことねぇよ。井波、昔から器用だったろ。なんでも出来ちゃうから、たぶんそうなってんだろ。自信持てよ」

「いやいや、」

「おれなんかより、よっぽどすげぇから、まじで自信持ってくれ」

井波は庭田の目を見る。

湯煙の向こうで、黒い小さな瞳が揺れている。

「言うなよ。そんなこと」

「なんでだよ。いいだろ。実際そうなんだから」

「庭田、ひさびさみんなと会って、木村のこと思い出して、不安で、判断鈍《にぶ》ってんだよ。俺ずっと、演劇続けてる庭田のこと、すげぇな、自分のやりたいこと貫《つらぬ》いててかっけぇなって、見上げてたから。自分の才能信じて、流されず人生の舵《かじ》とれんの、まじとんでもねぇから」

「じゃあ観に来いよ一回ぐらい」

「……忙しかったから」

「そうかい」

声が途絶え、流れる湯が水面を破り続ける音が響く。

遠くから、高く細い、鳴き声のような音が聞こえる。

「鳥？」井波は口に出すが、長い時間、返事がない。

井波は庭田を見る。

庭田は魂が抜けたような顔で、虚空を見つめている。

「鳥か？」井波はもう一度言う。「この声。鳥？」

「んぁ？」ようやく庭田が反応する。耳を澄まし「……鳥、こんな時間にいるか？」

「いないか」

「いねぇだろ」

湯の音が、ふたりの隙間を埋めていく。

「河童?」

庭田の声が、ぽんと放り出される。

井波は文脈を辿るのに時間を掛け、「何が?」

「鳴き声。河童?」

「いないだろ」

「でも有名なんだろ? この辺、河童の里で」

「でも、いないだろ」

「そりゃそうだけどさ」庭田が笑い「あ、じゃあ、猿?」

「あー、あるかも。山だし」井波がふと呼吸を止め、目を凝らし「え、つか今なんか、光ってなかった?」

「は?」

「え、なんか人魂《ひとだま》みたいな、ぼわぁ、って」

庭田も目を凝らし「……え、怖、どこ?」

「あー、でも、いや、」井波はぱちぱちと瞬《まばた》きし、目を擦り「気のせい、かも」

「なんだそりゃ」

「……目疲れてんのかな」

「出る? そろそろ」庭田が立ち上がり、手ぬぐいを拾う。「八年前も、これぐらいの時間で出た気するわ」

「そうね」井波は立ち上がる。「そういやさ、」手ぬぐいを絞り「部屋の前で、木村帰ってくるの待ったよな」

「あー、そうだ、」内風呂へ続く扉に、庭田が手を掛ける。「あいつ鍵持ってたから。五分くらい待ったよな」

「あぁ」井波は滑らないよう注意して、脱衣所へ向かう。

「早く出すぎて暇だから、お土産見てたとか言ってたっけ」

「たしかそう」井波は手首に巻いていた鍵を「……あれ?」ロッカーの鍵穴に挿し込み「土産屋、九時までじゃなかった?」バスタオルを取り出し、全身を拭う。

「え?」

「さっき土産屋の前通ったとき、九時までって書いてあった気が」

「……八年前は、もっと閉店遅かったんじゃね?」

「あー、そうか、そうかも」

「そうだろ。多分」

21:55

ノックの音がする。

羽鳥はキーボードを叩いている。

ノックの音が続く。

羽鳥はエンターキーを打ち、ファイルを保存し、踏込へと向かう。

開錠し、璃佳と咲本を迎え入れる。

「何してました?」璃佳が尋ねる。

「エッセイを書いてた」

「じゃなくて、あの夜」璃佳の背後で、扉がぎいと閉まる。「お風呂出てから、何してました?」羽鳥を見据え「咲本さんより遅く帰ってきたらしいじゃないですか。先上がったのに。何してたんですか?」

「タバコ」

ぽつりと零《こぼ》す。

「……タバコですか?」

羽鳥は頷く。

「鍵持ってるのに、咲本さんいつ帰ってくるかわからないのに、このタイミングで?」

「吸いたくなったから」

「咲本さんいないなら、別に部屋で吸っても」

「嫌がると思ったから。部屋に、におい残るの」

「本当ですか?」

羽鳥は璃佳から目を逸らし、咲本へ視線を移す。ばちっと目が合うまで待ち「八年前も、そう言ってたよね? 私」

「え、そうだっけ」咲本がふにゃりと頬を緩め「あれ? そうだっけ?」

「そうだよ。『ごめん、タバコ吸ってた。待った?』って、私、言ったよ」

「……あー、そうかも、そうだったかも」咲本は力なく頷き「ごめん、忘れてた」

「忘れないで」

璃佳は俯き、考え込むように「……そうですか」顎を指で撫でる。「当時、羽鳥さん、」顔を上げ「タバコかなり吸われてました？」羽鳥にではなく、咲本に尋ねる。

「うん。けっこう吸ってたイメージあるよ」咲本が答え「大学でも、気づいたら喫煙所いたかな」

「なるほど。そうですか」璃佳がまた、下を向き「タバコ、ですか」

ぽっかりと、会話の間が空く。

狭い踏込で、スリッパも脱がず、押し黙っている。

「羽鳥さん帰ってきて、」璃佳が沈黙を破り「すぐに移動した感じですか？」

「うん」咲本が畳に上がり「着替えとかだけ置いて、すぐ男の子の部屋行ったよ」巾着《きんちゃく》型のサブバッグを置き、引き返す。

羽鳥もいったん上がり、小さいカバンに貴重品類をまとめる。

「では向かいますか」

「あっ違う、わたしあれだ、」咲本がスリッパに片足を入れて静止し「厳密にはわたし、若干メイク直してから出た」

「わかりました。そうしましょう」

羽鳥は上がり框に腰掛け、咲本の化粧直しを待つ。

眼鏡を外し、レンズに付いた汚れを、専用の布で拭う。

「ごめん！　お待たせしました！」

羽鳥は眼鏡を掛け、咲本の顔を見上げる。「マスクしてるからか、あんまり違いが分からない」

「着いたら外すよ。飲むし」

部屋を出る。咲本が鍵を閉め、ポシェットにしまう。

無言で廊下を歩き、エレベーターで四階に降りる。

自販機コーナーを通過し、廊下を右へ進む。

目的の部屋に辿り着き、扉をノックする。「璃佳です。合流しに来ました」

足音がして、扉が開く。「おっ」井波が出迎え「どうぞどうぞ」

居間へ上がる。

布団が端に寄せられ、漆塗りの座卓に、お酒やおつまみが所狭しと並んでいる。

「狭っ。狭くない？」咲本がマスクを外しながら笑い「こんな狭かったたっけ？」

「二人部屋だから」庭田が返す。「木村がいない分」

「あ〜なるほど〜」

「そっちの部屋で飲む？」井波がにやける。

「それはやだ」咲本が笑顔で固辞し、奥の座椅子に横座りする。「こっちだったよね？　わたし」

「たしかそう」座卓は正方形を二つ繋《つな》げたような長方形で、奥に背もたれ付きの座椅子が三つ、手前に座布団が二つ並べられている。「女子が良いほうの椅子で、男子がこっち」

璃佳が咲本の隣の座椅子に収まる。羽鳥はその隣に座る。

「氷とかもう、取ってきてくれたんだ」咲本が卓上のアイスペールを見る。

「準備万端」井波がきりっと笑い「とりあえず、各自お酒注いじゃうか」手元のグラスに缶ビールを注ぎ「てかこれ、あれじゃん、咲ちゃんがＣＭしてるやつじゃん」

咲本の笑顔が、ほんの一瞬、消え、それが幻だったたように、ふんわりと笑みを纏い「そそ！

ＣＭ！　嬉し〜！」グラスに氷を入れ、ライチのチューハイを注ぐ。

羽鳥は庭田を見る。庭田も羽鳥を見る。

庭田の目と口元に、ほのかな安堵《あんど》が滲む。

羽鳥は無表情を崩さず、手を伸ばし、氷用のトングを摑む。

「飲まねぇんだ、」井波が咲本のグラスを指差し「自分がＣＭしてるやつ」

「飲まないよ〜。送られてきたやつ、家にまだ山ほどあるし」

「送られてくんの？」庭田が訊く。

「ＣＭしたやつとか、テレビで紹介したやつとかは、基本」

「へぇ。いいな。やっぱ芸能人すげぇな」

「上演しましょう」

璃佳がぬるい空気を断ち切るように言う。

「やりましょう。真剣に」ひとりひとりの顔を、順に見回し「部屋での飲み会のあと、皆さんが寝静まってから、兄はひとりで、川に入っていったんですよね？　間違いないんですよね？」刃先を相手の肌に当て、ゆっくりと押し込んでいくように「兄がなぜ死んだのか、誰が兄を殺したのか、はっきりさせましょう」

手を叩く。

井波「乾杯する？」

木村「しようか。合宿の初日が、無事に終わったってことで」

井波「ほいじゃあ、お疲れ〜」

口々にお疲れさまを言い、グラスをぶつけ合う。

咲本「気持ちよかったね～、温泉」
井波「美肌の湯らしいよ」
咲本「そうなの？」
井波「なんか、そうらしい。脱衣所に書いてあった」
庭田「（自分の頬をさわり）たしかに、あれな気がする。すべすべな気がする」
咲本「庭田くんがすべすべでも意味なくない？」
庭田「意味ないってなんだよ。意味あるだろ」
井波「庭田がすべすべだと、逆にマイナスな感じするよな」
庭田「なんでだよ。プラスだろ」
咲本「木村くん、肌めっちゃキレイだよね」
木村「そう？」
咲本「うん。羨ましい」
木村「んー、あんまり自分では思ったことないけど……」
咲本「スキンケアとか何してるの？」
木村「特に何も」
咲本「嘘だ～」
井波「（噛みながら）チーズちくわめっちゃうめぇ」
庭田「……うめぇかなぁ」

井波「うめぇだろ」
羽鳥「なんかチーズちくわって、運動会のお弁当で食べるイメージある」
井波「どんなイメージだよ」
咲本「芽以ちゃん運動会とか出てたの？」
羽鳥「どういうこと？　出てなさそう？」
咲本「いや、運動とかあんまり、得意じゃなさそうだから」
羽鳥「出てたよ。一応。出ないと怒られるし」
木村「運動は得意だった？」
羽鳥「苦手だった。体育が苦痛でしかなかった」
井波「ぽいなぁ」
羽鳥「だから大学で体育なくなって嬉しい。解き放たれた気分」
咲本「何部だったんだっけ？　元々」
羽鳥「帰宅部」
井波「中高六年間？」
羽鳥「……一瞬だけ文芸部だったことあるけど、すぐ辞めたから、ほぼ中高六年間、帰宅部」
木村「へぇ。文芸部は、どうして辞めちゃったの？」
羽鳥「なんか、雰囲気合わなくて……」
咲本「劇研は雰囲気合ってるってことでいい!?」
羽鳥「劇研はね、うん、わりと居心地いいかな」
木村「よかった」

羽鳥「井波くんは何部だったんだっけ？」
井波「俺？　中高バスケ部」
咲本「ぽいよね〜」
庭田「バスケ部からの、ヤリサーだろ？」
井波「テニサーだから。形式上はテニスサークルだから一応」
庭田「まだ愛着あんの？」
井波「それはない。あんなクソサークル。潰《つぶ》れて正解だった」
咲本「よくあんなサークル入る気なったよねぇ〜。やばい噂《うわさ》とかいっぱいあったじゃん」
井波「まぁ死ぬほどチャラかったよね」
庭田「井波もその一員だったんだろ？」
井波「いや、一員ってほどじゃない。まじで。一応入ってたけど、なんかチャラすぎてノリ合わんくて、飲み会とかもほぼ出なくなった頃に、急性アルコール中毒出して解散したから」
羽鳥「ひどかったよね。というか、なんでわざわざ、そんなサークル選んだの？」
井波「上京したてで友だちいなくて、やばい噂とかよくわかってなかったのと、」
庭田「のと？」
井波「まぁなんかフツーに、せっかく啓栄受かったし、テニサー入って女の子と遊びたいなぁ、的な？」
庭田「チャッラ」
井波「や、チャラくない。まじで。ちょっと一回あのサークル入ってみて欲しいまじで。レベル違うから。あの中いると、俺なんか陰キャ中の陰キャだから」

庭田「劇研は陰キャの集まりだから、相対的に俺は陽キャになるぞって言いたい？」
井波「ちーげぇって。とにかくあのサークルが異常だっつー話」
木村「でもそのサークルが解散したおかげで、井波くんが劇研入ってくれたの、本当によかった」
咲本「それはほんとそう」
羽鳥「潰れてくれてよかった」
井波「やめろや。照れるから。……まぁでも、俺も劇研入ってよかったと思ってる、まじで。あのままクソサークルいたら、なんもねぇ大学生活だったし」
羽鳥「どうして演劇だったの？」
井波「ん？」
羽鳥「中高とバスケ部だったのに。なんで演劇だったのかな、って」
井波「あーなんか、クソサークル潰れて、バイトだけの生活に飽きはじめたあたりで、バイト先の子に誘われて、演劇観に行って」
庭田「女子？」
井波「……まぁ女子」
庭田「チャラ」
井波「や、だから、チャラくない。で、観た劇がすげぇ面白くて、楽しそうで、そういや高一のとき文化祭でやった演劇楽しかったよなぁ、とか思い出して、俺も演劇サークル入ろっかな、っていう」

卓上のスマートフォンが震える。

庭田「（引き寄せ、画面に目を落とし）三森さんだ」
咲本「電話？」
庭田「あぁ」
咲本「いきなり電話してくる？　こんな時間に？」
庭田「たまにある。電話きて、いま飲んでんだけど来ねぇ？　みたいな」
咲本「へぇ、なんか、『男の先輩』って感じ」
庭田「ちょっ、（スマホを手に立ち上がり）出てくるわ」
木村「いいよ。ここで出ても」
庭田「や、声被るし、いったん、（スリッパを履き）すぐ戻る、（電話に出て）あ、はい、はい、そっすね今、はい、（部屋の外へ）」

間

木村「行っちゃった」
咲本「ね」
井波「三森さんってどこ就職したんだっけ？」
羽鳥「……どこだろう。知らない」
咲本「証券じゃなかった？」
木村「たしかそう」

井波「三森さんも、咲ちゃんのこと超好きじゃなかった？」

咲本「えっ？　そんなことなくない？」

井波「いや、俺一年しか被ってないからあれだけど、飲み会とかだいたい、咲ちゃんの横座ろうとしてた気が……」

咲本「あー。……そうかも？　言われてみればよくしゃべってたかも。卒業してからはぜんぜんだけど」

五分ほど、他愛《たわい》ない会話が続く。

手が鳴らされる。

「庭田さん、長くないですか？」

「あー、なんか、長かった」井波が二本目の缶ビールを注ぎ切り「三十分くらい？　いなかった気がする」

「お願いします」

「呼んでくる？　庭田くん」

璃佳は口をつぐみ、考え込む。

咲本が庭田を連れて戻ってくる。

「何分くらい、電話してましたか？」

「えー、っと、」庭田は腕を組み、座卓の角に視線を据え「四十分くらい？」顔を上げる。

「長いですね。『すぐ戻る』と言ったわりには」

「合宿中なんでってすぐ切ろうとしたんだけど、なんやかんや、話し込んじゃって」

「どんな話をしてたんですか？」

「なんか、たしか、三森さんが女の子と飲んだ帰りで、でもあんま盛り上がらなかったとかで、すげぇ愚痴《ぐち》っつーか、『これ俺が悪いか？』みたいな話を、延々聞かされてた気が」

「四十分も掛かります？」

「長いなとは、おれも思ってた。でも先輩相手にこっちから電話切れないし、おれが終わらせたそうな雰囲気出しても『これだけ！　あとこれだけ聞いて！』みたいに続けてくるから、結果長々しゃべっちゃってたな」

「どこで電話してたんですか？」

「エレベーターの前。一人用のソファがあって、ずっとそこ座って電話してた」

「そうですか」庭田の目を覗き込み「何もなかったですか？」

「……何もって？」

「電話している間、特に変わったことは、なかったですか？」

「あぁ」庭田は璃佳の目を、まっすぐに見返し「なかった」

「そうですか」璃佳が浅く頷く。「分かりました」

「おれ、エレベーターのとこいたほうがいい？」庭田が胡坐《あぐら》をほどき「で、四十分くらいしたら帰ってこようか？」

「あー」璃佳が声を伸ばしながら思案し「ひとりで外にいても退屈だと思うので、ここにいてもらって大丈夫です。出ていったテイで」

「ＯＫ」庭田が口に含んだポテトチップスを砕《くだ》き「大人しくしてる」

「では、再開します」

手を叩く。

三森の話、他の先輩の進路の話、羽鳥が先月観て感銘を受けた舞台の話、スタニスラフスキーとブレヒトの話、下手な俳優は舞台上での足音が大きいという話、呼吸音の話、花火は冬のほうがキレイという話、アイスは冬のほうがおいしいという話、と展開していく。

井波「やっぱさ、暖房効かした室内で食べるアイスが一番うめぇんだよな。贅沢してるわ〜、って感じで」
木村「貴族っぽくていいよね」
羽鳥「分かる」
咲本「みんな逆張りしすぎじゃない？　夏の野外で食べるアイスのが、フツーにおいしくない？」
井波「分かってねぇなぁ、咲ちゃんは」
咲本「いやいやいやいや」

間

咲本「庭田くん、帰ってくるの遅いね」
井波「たしかに。長ぇよな、電話」
羽鳥「でも三森さん話長いから、長引きそう」
咲本「わかる！　めっちゃ話長いよね！　おんなじ話めっちゃ繰り返すし！」
井波「そうなんだ」
咲本「そうだよ！　超めんどくさかったんだから！」

井波「てことはやっぱ、三森さんに好かれてんの気づいてんじゃん」
咲本「好かれてるかは知らないけど、超めんどくさかった」
井波「好かれてるだろ。それ」
木村「あのさ、（居住まいを正し、三人の注意を引き）……ごめん、やっぱり、なんでもない」
井波「なんだよ（笑う）」
木村「んー、まだいいや、もう少し考える」
羽鳥「何を？」
木村「……卒業公演のこと。……みんな、あの本、演じてて楽しい？」
咲本「え、めっちゃ楽しいし、めっちゃ面白いよ」
木村「本当に？」
咲本「ほんとに。（井波と羽鳥に）え、そう思うよね？」
井波「うん。さすが木村って感じ」
咲本「芽以ちゃんは？」
羽鳥「面白いよ。ちゃんと面白い、私には書けないやつ。卒業公演であれをやることについては、まったく異論ない。……木村くん、本当に才能あると思う」
木村「そっか（俯き、儚《はかな》い笑みを浮かべ）、いや、いつもだったら、今回はこの本で突っ走って、お客さんの反応見て次回に活《い》かそうとか思うから、ぜんぜんあれでいいんだけど、」

木村「この五人で芝居するの、次が最後だから」

間

木村「みんなが、心から楽しんで、舞台に立てるようにしたいな、って」

間

木村「みんな、卒業したら、ばらばらになっちゃうでしょ？　咲本さんは演劇辞めるって言うし、井波くんも続けるかわからないし、羽鳥さんも庭田くんも、それぞれの道を進んで、同じ舞台に立てる保証ないし。だから、今回の卒業公演が、みんなの人生にとって、本当に大切な舞台になるようにしたくて。何かつらいことがあったときに、この卒業公演を思い出して、自分を勇気づけられるような。あんな素敵な舞台に立ったんだから、後の人生はもう、何が起こっても大丈夫って思えるような。だから、本や演出にちょっとでも納得いかない点があったら、すぐ言って。隅から隅まで腑《ふ》に落ちて、心の底の底から楽しめる舞台にしたい」

井波「……木村さぁ（涙をこらえ）、お前まじで、まじでもうお前、なんなん？」

咲本「（目尻《めじり》の涙を、人差し指の背で拭い）木村くん。好き。最高の舞台にしようね……、って、真顔で言うの照れくさいけど、でも、ほんとに。……大好き」

木村、立ち上がる。

井波「どうした急に」
木村「（照れを隠すような早口で）アイス買ってくる」
咲本「アイス？　またコンビニ行くの？」
木村「自販機コーナーに、アイスの自販機もあった気がして。（財布を持ち）さっきアイスの話したから、（スリッパを履き）食べたくなっちゃって。行ってくる」

木村が部屋を出る。

廊下に出た羽鳥の腕を、咲本が摑む。

羽鳥は木村の役から降り、振り返る。

「一回戻ろ？」咲本が不安そうな顔で、羽鳥を見上げ「ね？」

二人で部屋に戻り、座椅子に腰を下ろす。

「兄はこの後、」璃佳が羽鳥を見つめ「すぐ戻ってきたんですか？」

「うん」羽鳥は頷き「五分もせず、戻ってきたはず」立ち上がる素振りを見せ「やろうか？」

「……そうですね。お願いします」

「分かった」姿勢を戻し「自分の役もあるから、いったん座る」

「はい」璃佳は羽鳥と目を合わせ、頷く。「では、続きから」

手を叩く。

咲本、羽鳥、井波は閉まった扉を見つめる。
井波「……照れてんのかな」

羽鳥「そうかも」
咲本「めっちゃ熱いこと言ってたね」
井波「激アツだったな。ふつうに泣きそうになったわ」
咲本「わたし泣いちゃった。ちょっとだけ」
井波「羽鳥さん、感動ゼロ？」
羽鳥「いや、してる。木村くんすごいな、って」
井波「でも全然響いてなくない？」
羽鳥「いや、響いてる。表に出ないだけで。私も頑張ろうと思った」

　ぽつぽつと言葉を交わしていると、木村が戻ってくる。


咲本「あれ？　アイスは？」

木村「なかった（力なく笑う）。欲しいアイス、全部売り切れだった」

井波「ほらやっぱ売れてんだ。アイスは冬だから」

木村「そうみたい。残念」

　手を叩く。

　璃佳は庭田を見る。

「庭田さん、このとき、兄と会ってたんじゃないですか？」

庭田がゆっくりと、今にも止まりそうな、錘《おもり》を引きずるような動きで、顔を上げる。

「ん？」

「自販機コーナー、エレベーターのすぐ横にあるじゃないですか」

「あー」乾いた相槌を、低く、長く伸ばし「そうだっけ」

「兄は、アイスを買いに来てましたか？」

「あー、どうだっけな、」感情が消えたような、のっぺりとした声で「電話中だったしな」

「電話中でも、兄が来たかどうかくらいはわかりますよね？」

「あー」また、長く伸ばし「そうなんかな」

「さっき、電話中は何もなかったと言ったのは、嘘だったんですか？」

「嘘？　何が？」

「兄がひとりでアイス買いに来たのを見たことは、『特に変わったこと』に含まれませんか？」

「あー、じゃあ、そう、」ぱきぱきと音が鳴るみたいに、表情筋が不自然に動き「そうかもね」

「どっちなんですか？」

「ん？」

「このとき、兄を見たんですか？」

「見た？　ん。とね。見た、か、見てないかで言うと、見た、ね」

「じゃあさっきのは嘘だったんですか？」

「さっきの？」

「電話中は何もなかった、と言っていたのは」

「あー、うん。じゃあ、そうじゃない？　ちがうってことになる、んじゃない？」

「どっちなんですか？」

「あー、そうね、ごめん、木村殺したの、おれかもしんねぇわ」

音が止む。

空気が破れ、剝《は》がれ、切《き》れ端《はし》が舞い、彼方《かなた》へ吸い込まれ、音を伝える気体が、この世のどこにもなくなったように、何も、音がしない。

長い時間を掛け、空気が再び部屋を満たしてから、

「どういうことですか？」璃佳の声が振動する。「殺したって、どういう意味ですか？」

「変なこと、言って、木村、おれが、」

「は？」

「あんな、おれが、」庭田の顔が、ぐにゃりと歪み「あんなこと、」

「何したんですか？」

「おれが、おれ、だから、」

「何を言ったんですか？」

「おれ、木村、木村に、木村が、それで、死んで、」

「ちゃんとしゃべってください」

「や、い、や、だから、」

「なら演じてください」

「……え、」

「俳優でしょう？　話せないなら、演じてください」

「な、え、」

「演じてください」璃佳の声が、つららのように尖り、庭田を刺す。「あなたが兄にしたことを、演じて、あたしに見せてください」

「……ひとりで」

「ひとりで。出来るでしょうそれくらい。俳優なんですよね？　ひとり芝居したことないんですか？　落語とか見たことありません？」

「……場所は」

「ここで。マイムでどうにかしてください」

ばちん、と、ギロチンみたいな音が、空気を裂く。

庭田の手足が、喉が動く。

庭田はエレベーターホールのソファに腰掛け、スマートフォンを耳に当てている。

庭田「（電話口に）あぁー、それはあれっすね、思わせぶりな女が悪いすね……え、まじすか最悪じゃないすか……はい……そっすよ、時間の無駄すよ……はい、はい……や、ほんとそうっす……はい……はい、ほんと、はい……や、もう、はい……切り捨てて、はい……次いったほうがいいっすまじで……はい……はい？　……あ、合宿すか、はい……あ、今回は五人で……はい……俳優だけって感じで……いますよ咲本……はい……いやいや……はい……まぁフツーに、はい……てか木村と付き合ってるんで、今……まじっすまじっす……そっす、クリスマスの前くらいから……はい、いや、はい……や、おれとかはもう、眼中ないっすよ、最初っから……だからもう、はい……あーたしかに、劇研では彼氏作らないとか言ってたのに……はい、ハハ、はい……いやまぁ木村だから、みたいな……木村は特別なんで、ハハ……まぁなんか、はい……そっすね、はい……あ、そっすそっす、木村の作・演で……はい……まぁ羽鳥はまぁ、書いてたかもしんないすけど、はい……なんか自然と……はい……あ、なんか、遊園地の、ジャングルクルーズ的な……そっすそっす……で、そのまま異世界に漂流、的な……ね、ハハ……や、おもろいすよ、はい……話はおもろいんすけど……てかまじ聞いて欲しいんすけど……はい……いや、はい……いや、演出があれで、はい……ぜんぜんなんか、演技させてくれないつーか……あ、演出も木村っす、作・演が木村なんで……や、今日読み合わせだったんすけど、はい……『演技するな』とか言われて……や、まぁこれまでも、たまにそんな感じのことは言われてんすけど……はい、今回は特に、みたいな……そっすそっす、徹底的に、みたいな……『舞台上でも庭田のままでいろ』って……や、言いたいことは分かるんすけど、単純につまんねぇなって……だってあれじゃないすか？　自分以外の何かを演じたくて舞台立ってんのに、『演技するな』って変じゃないすか？　フツーに……や、まじでそうっすよ、それが楽しくて演劇やってんのにっていう……はい、まじで、はい……や、もうなんか、演劇のこと考えすぎておかしくなってんすよあいつ逆に……フツーに演出すりゃいいのに、逆になんかもう、演劇らしさ一切許さねぇみたいな……や、まじで、まじでそうっす、演劇ってそもそもわざとらしいもんじゃないすか？　どう転んでも……だからお客さんも、はい、そっすそっす、わざわざ演劇観に来てるお客さんなわけで、別にわざとらしくてもよくないすか？　っていう……そっすそっす、そんなんじゃお客さんに伝わんねぇだろっつー……はい、そっすよね、あ〜よかったまじで、三森さん分かってくれて……はい、ほんと、はい……まぁまぁまぁやりますけど、演出家には逆《さか》らえないんでやりますけど、あれっすね、しんどいすね、ここから二ヵ月くらい……や、まじで木村の演劇とか、あんなん演劇じゃないすよ……なんかあれっすよね、木村まじすげぇみたいな雰囲気出てますけど、なんか根っこのとこで間違えてる気するんすよね……あれじゃ演劇続けても売れることはなさそうっつーか……ハハ……」

曲がり角から、木村が姿を見せる。
庭田、硬直する。
木村は一瞬だけ目を合わせ、自販機コーナーへ向かう。

庭田「(電話口に) 三森さんすんません、一瞬切ります、すんません、(電話を切る)」

庭田、追いかける。木村はアイスクリームの自販機の前にいる。

庭田「(木村の背中に) 聞いてた?」
木村「(背を向けたまま) ……何が?」
庭田「聞いてただろ。廊下歩いてるとき。聞こえてただろ」
木村「(背を向けたまま) だから何が?」
庭田「おれが三森さんと話してんの」
木村「(背を向けたまま) 別に聞いてないよ」
庭田「……すまん」
木村「(振り返り) なんで謝ってんの? 聞いてないって言ってるのに」
庭田「……なんか三森さんがすげぇ言ってくるから、ついおれも同調しちゃったっつーか、本心じゃないっつーか、」
木村「だから聞いてないって何も (購入せず、自販機コーナーを出る)」
庭田「木村、おい、(追いかけようとした矢先に、スマートフォンが震える。出る) や、すんません、なんかちょっと、緊急事態で……や、ですよね、いきなり切るとかやばいすよね（遠くなる木村の背を見つめ）……ほんとすんません……や、ですよね……次やったら、はい……はい……すみませんでした本当に……はい……気を付けます……はい……すみません、本当にすみませんでした」

庭田は膝《ひざ》をつき、両手をつき、ひたいを畳に、擦りつける。

「本当に、本当に、すみませんでした」

生え際《ぎわ》の皮膚が赤くなるまで、何度も、繰り返し、擦りつける。

「そのさぁ、」咲本が座卓越しに、冷めた眼差しで、這《は》いつくばる庭田を見下ろし「庭田くんの言ったことが原因で、木村くんは自殺したってこと？　木村くんの演劇が、根っこから間違ってるとかいう、それで」

「そうです」庭田はひれ伏したまま「おれが木村を、傷つけました。おれのせいで、木村は、傷ついて、自殺しました。本当にすみません」

「そうなんだ」咲本はグラスを傾け、唇を湿らせ「最低だね」

「ざけんじゃねぇよ」井波がグラスの底を叩きつけるように置き、身を乗り出し「演劇じゃないとか、お前が木村に言っていいわけねぇだろ」

「すみません」庭田は畳に埋まっていくように「本当に、すみません」

「木村はお前の何倍も何十倍も演劇のこと考えてんの。努力して努力して努力して、寝ても覚めても演劇のこと考えまくってんの。俺とかお前とは、次元が違うの。お前みたいなのが浅い考えで木村ディスってんじゃねぇよ。言っていいことと悪いことあるだろ。木村がいちばん大事にしてたもの、軽々しくディスんな、クソが」

「すみません」

「顔上げろ」

「すみません」

「顔上げろっつってんの」井波が庭田の前髪を摑み、引き上げる。庭田の頰を、雫が伝い、首筋へ垂れ、浴衣の襟が吸う。庭田は怯《おび》えた瞳で一瞬、井波の目を見返し、弾かれたように逸らす。

「クソがっ」井波は庭田の頭をぐらぐらと揺らし、捨てるように離す。庭田は転がり、畳に頰を付けたまま、ひっくひっくとしゃくり上げる。

「そんなので死ななくない？」

羽鳥がぽつりと零す。

「冷静に考えて」

座椅子の背もたれに、薄い背中をぴたりと付けたまま。

「庭田くんの、そんな愚痴を聞いたくらいで、木村くんが死ぬとは思えないんだけど」

「じゃあ他にどんな理由で自殺すんだよ！」井波が振り返り、赤らんだ顔で唾を飛ばし「木村がいきなり死んでさ、あいつなんで川入って、死ななきゃいけなかったんだ、って、ぜんぜん分かんねぇし、俺ずっと、ずっと、考えて、でも庭田がこんな、こんなひでぇ、暴言吐いてたの隠してて、」

「あのね」

硬く冷たい声で、羽鳥が井波を制する。

「これは庭田くんをかばうために言うことだから、どうか傷つかないで聞いてもらいたいんだけど、」

右手の親指と中指で、フレームの両端を挟み、眼鏡の位置を直し、

「庭田くんが演劇に関して何を言っても、木村くんがショックを受けることはないと思う」

「なんでだよ」吠《ほ》える井波に、

「だって庭田くん、才能ないじゃない」

羽鳥が言う。

「庭田くんの演技、シンプルに下手だし。俳優としての才能が、これっぽっちもないでしょ」

泣きじゃくる庭田を、座椅子から一ミリも動かず、遠く見下ろし、

「わたしが木村くんだったら、庭田くんにそんなの言われたところで、別に、って感じだと思う。へぇ、そうですか、って。ぜんぜん傷つかない。死ぬわけない。片腹痛い。本当に」

庭田の泣き声が、唐突に膨らむ。言葉にならない声を絞り上げ、虫のように、身体をくねらせる。

「んなことねぇだろ」井波がやや気勢を削《そ》がれた声で「そんなこと、」

「なんで？　そんなことあるでしょ」羽鳥が嘲《あざけ》るように、頬の肉を緩め「今日、八年前の読み合わせを再現して、みんな分かったでしょ？　木村くんが、言葉を丁寧に選んで、最大限オブラートに包んで、庭田くんの下手な演技を、どうにか修正しようとしてたの。『演技するな』なんて、まともな俳優相手に、ふつう言わないよ。庭田くんの演技が下手すぎるから、嘘くさすぎるから、卒業公演の間だけでもどうにか使い物にするために、『演技するな』なんて無茶言ったわけ。そんな庭田くんに、『お前の演劇は演劇じゃない』なんて言われても、木村くんノーダメージだったと思うよ。下手なやつになに言われたって、別に、ねぇ？　それくらい分かるでしょ？

みんな気を遣って言えないだけでしょ？」

「いや、」井波は自分も傷ついたような顔で「そんなことねぇって。そこまで思ってるの、羽鳥

さんだけだろ」

「じゃあちょっとは思ってるんだ？　あーあ出たね本音が。そこまでは思ってないけど、ちょっとは思ってるんだ？　庭田くんが下手くそだって、井波くんも思ってるんだ？」

「ちげぇけど、」井波の目が泳ぎ、
背後で慟哭《どうこく》する庭田に、

「うっさいなぁ！」

羽鳥が鋭く叫び、

「うるっさいんだよさっきから！　黙って！　早く！　泣き止んでよ早く！　私が悪者みたいだよこれじゃあ。もういい大人なんだからさ。恥ずかしくないの？　ぴーぴーぴーぴー泣いてさぁ。見てるこっちが恥ずかしいよ。私は庭田くんを救うために、庭田くんが木村くん殺したとかバカみたいなこと言ってるからそうじゃないよって言ってあげるために、さっきから一生懸命弁護してんの。いいから静かにしてよ、早く、お願いだから」

庭田は羽鳥から逃げるように身体を反転させ、胎児のように縮こまり、声を押し殺す。

「俺は、でも、」井波は庭田をちらりと見てから、羽鳥に視線を戻し「まぁ木村とか咲ちゃんに比べちゃうと、とは思うけど、そこまで庭田の演技、下手って思ったことねぇよ。芝居のタイプにも依《よ》るけど、上手く見えるときは見えてたし」

「上手くないよ。下手だよ」羽鳥が即座に返し「たまたま庭田くんが上手く見えた演劇があったとしても、そんなのは演出側がわざわざ庭田くんに合わせにいっただけで、下手に見せないための工夫を施しただけで、実際は下手だよ。そもそも、こんな戯曲なら、こんな演出なら、とか俳優側が言ってるのが間違いなんだよ。どんな戯曲でも、どんな演出でも、作品に最大限の貢献をもたらそうと努力するのが、俳優の仕事でしょ？　庭田くんは甘えてるだけ。仕事を果たす気がないだけ。そんなの木村くんも分かってた。庭田くんが木村くんを殺したなんて、ちゃんちゃらおかしいよ」

「言いすぎだろ。さっきから」井波は頬を引きつらせ「庭田だって、卒業してから八年、俳優やってきたわけだろ。上手くなってるかもしんねぇじゃん」

「下手だった。びっくりした。なんも変わってなくて。逆にびっくりした。八年前のこと上演してたとき、庭田くんがいちばん下手で笑いそうになっちゃった。井波くん演技するの八年ぶりって言ってたのに、それより下手ってどういうこと？」

「やめろよ」井波は気まずそうに「それ以上言うなって」

「なんで？　いいでしょ。庭田くんのためを思って言ってるんだよ？　庭田くんを自責の念から解放するために、こうやって言ってあげてるのに」

「それで庭田傷つけんのおかしいだろ」井波はハッとしたように「ちげぇか。羽鳥さんもほんとは庭田が木村を自殺に追い込んだと思ってて、恨みを晴らすために、わざとそうやって言ってんだろ。そうだろ」

「違う違う」羽鳥が噴き出し「木村くんは、本当に傷ついてないと思う。だって庭田くんは演劇を何も分かってないから。木村くんも絶対そう思ってた。だから傷つかないに決まってる。私には分かる」

「だからそれやめろつってんの。かわいそうじゃん」

「なんで？　言ってあげるのが優しさじゃない？　むしろ誰も言ってあげなかったからこうなっちゃったんじゃないの？　私がちゃんと、在学中にはっきり言うべきだったね。みんな上辺《うわべ》だけ優しくして、他人の人生のこと芯まで考える気がないから、無責任な優しさで誤魔化してるから、庭田くんが八年も演劇続けちゃったんでしょ」

「もうやめてくれ」庭田が丸まったまま、全員に背を向け、はだけた浴衣から覗く膝頭《ひざがしら》だけを見つめ、よれよれの声で「おれがぜんぶ悪かったから。もう許してくれよ」

「許してるよ、私は。最初から」

「頼む。許してくれ」

「だから許してるって。しつこいな」

「おれ、知ってっから。才能ないの」涙が気管に流れ、咳《せ》き込《こ》み「だから、許、して」

「は?」

「自分で、分かってっから。才能ねぇの。おれ。でも、木村が、木村が死んじゃったから、たぶんおれが言ったことで傷ついて、そのまま死んじゃったから、おれが続けなきゃって、おれが木村の代わりに、演劇続けなきゃって、それで、続けてきただけだから、許して。分かってっから。身内にしか褒められねぇの、おれの演技。呼んだ友だちにしか褒められねぇの。分かってっから。許して。羽鳥みてぇに、ちゃんと評価されるような舞台には呼ばれねぇの、分かってっから。許して。ちっちゃいキャパの、出てるやつの知り合いしか来ねぇような、先のない演劇にしか呼ばれねぇの、分かってっから。友だち、誘ってさ、最初は来てくれてたけど、だんだん、毎回、都合悪いって断られるようになって、無視されたり、ブロックされたり、友だち減ってってさ、それでも、演劇続けて、木村の分も、おれが演劇やんなきゃいけねぇからって、だから、許して。それだけだから。上手いなんて思ってねぇから。許して。バイト先で、正社員になんねぇかって言われてて、彼女からは、もう演劇辞めて、ふつうに働いたら、って、だけど、それも、おれ、断っちゃって、だっておれが木村殺したのに、おれのせいで木村死んだのに、木村はもっと演劇やりたかったのに、ずっと演劇やりたかったのに、おれだけ辞めたりして、そんなの、許されるわけねぇじゃん、って。おれのせいだから。おれが責任、取んねぇといけねぇから。八年、ずっと、そうしてきたから。だから。それだけだから。許して」庭田はしくしくと、透き通った涙を流し、畳に丸い大きなシミを作る。

どこか、醒めた空気が漂う。

「じゃあ、まぁ、庭田くんなんじゃない?」羽鳥は疲れたように、投げ遣《なや》りに「私だったら傷つかないけど、木村くんは人格者だから、案外傷ついたんじゃない? 庭田くんの思慮の浅い発言が、木村くんを自殺に追い込んだってことでいいんじゃない?」レモンサワーの缶に、直接口を付け「井波くんもそう思ってるんでしょ?」

「お、おう」立ち尽くしていた井波が「庭田、お前、泣いたからって許されるわけじゃねぇからな」庭田の背中に、空虚な声を降らし「お前が演劇続けたからって、償いになるわけじゃねぇから」座布団に尻《しり》を落とす。

庭田の啜り泣く声が、次第に小さくなり、しらじらしい静けさが、場を満たしていく。

「うん。じゃあ、そういうことで」羽鳥が息苦しさを払うように「庭田くんが犯人ってことで。庭田くんのせいで、木村くんは死んだんだね。納得した」

「何を納得したの?」黙っていた咲本が、口をひらく。

「え?」羽鳥がぎこちない動きで、咲本を向き「だから、庭田くんが木村くんの演劇を否定して、それで木村くんが思いのほか傷ついちゃったから、自殺したんだな、って」

「本当に、納得したの?」咲本は羽鳥を、食い入るように見つめる。「芽以ちゃん」

「……何が言いたいの？」

「芽以ちゃんさ、」伊達眼鏡のレンズが、天井の灯りをぎらりと反射し「お風呂あがってから、何してたの？」

「……エッセイ書いてた。文芸誌から依頼あって」

「ふざけてるなぁ」咲本がにんまりと笑い「真面目にやろうよ。芽以ちゃんだってもう、いい大人なんだから」

羽鳥の頬がぴきりと硬直し「……何？」取り繕うように、慌てて口を動かし「八年前の話？タバコ吸ってた。さっきもそう言ったでしょ」

「芽以ちゃんはさぁ、」口角が、にゅっと引き上がり「庭田くんのこと、責める資格あるの？」

「は？　何？」

「芽以ちゃん、なんか隠してるでしょ」

「は？」

「庭田くんのこと言えるほど、芽以ちゃん、演技上手じゃないよ？」

羽鳥の瞳が揺れる。

「……言いたいことあるなら、はっきり言いなよ」

「木村くんと、何かあったんじゃない？」

「ないよ」

「やっぱ下手だ〜、演技」咲本が嬉しそうに頬を緩め「早すぎるなぁ否定が。ほんとになんもない人は、そんなスピードで答えないよ。何かあるから、その間合いで声を出せるんだよ？　ほんとに何もない人は、ほんとに何もないかどうかを、一瞬だけ考えてから答えるもん」

「何が分かるの？　あなたに」羽鳥の声が張り詰め「演出もしたことないくせに」

「芽以ちゃんは、俳優のこと舐《な》めすぎ」

「……別に舐めてない」

「俳優をもっと尊重したら？」

「してる」

「演出家は、俳優がいないと何もできないんだよ？」

「分かってる。もう舞台に立ってないあなたに、そんなこと言われたくない」

「やっぱ芽以ちゃん、映像を下に見てるね？　舞台のほうが、テレビや映画より上だと思ってるね？」

「……思ってない」

「洗いざらい吐いて、スッキリしようよ～」宝石が光るみたいに、きらきらと笑い「そのために、今日があるんだからさ」傍《かたわ》らの璃佳に「ね？　そうだよね？」

「……はい」璃佳が頷く。「羽鳥さん、正直に答えてください。八年前の今日、お風呂から先に上がって、咲本さんが戻ってくるまで、何をしていたんですか？」

「さっきからそれ言ってっけどさ、」井波が恐る恐る口をひらき「その、風呂上がってから、羽鳥さん戻ってくるの、遅かった感じなの？」

「そだよ」咲本は答え「芽以ちゃん鍵持ってて、けっこう早めに上がったのに、部屋の前で待たされた」

「こっちもそうだった」井波が真顔になり「木村、鍵持ってて、俺と庭田よりだいぶ先上がったのに、廊下で待たされたわ」

「まじ？」

「あぁ。木村、お土産見てたとか言ってたけど、土産物屋たしか、九時までなんだよ」井波は咲本の目を見たまま、少し間を置き「木村が上がった時点で、確実に九時は過ぎてた」

「えっじゃあもう、二人でいたの確定じゃん」

咲本は井波から羽鳥へ視線を移す。

「芽以ちゃん、何してたの？」羽鳥の瞳を、じっと覗き込み「この質問、三回目だよ？」

「タバコ」

「ふざけないで〜。おもしろくないよ〜」咲本はけらけらと笑い「いつまで逃げてんの〜」

「逃げてないから」

「演じてよ。お風呂上がってからあったこと。庭田くんみたいに」

咲本が璃佳に目配せする。

手を叩く。

「……嫌だ」

手を叩く。

「嫌だって。だから」

「一生後悔するよ？」咲本が伊達眼鏡を外し、左右の大きな瞳に、たじろぐ羽鳥を映し「今を逃したら、一生、引きずったまんまだよ？」

羽鳥は口を結び、かろうじて咲本を見返す。

「一生、囚《とら》われたまんまだよ？」

羽鳥は息を呑み「……分かった」目を伏せ「分かった。やるから」

「さすが芽以ちゃん！」咲本が声を輝かせ「やっぱやるよね！　岸田賞作家だもんねっ！」

「それやめてって」

「ちなみにだけど、嘘ついたら殺すよ？」璃佳を見て「殺すよね？　璃佳ちゃんも」

「そうですね」璃佳は無表情で頷き「殺します」

「よっし、じゃあ、やっちゃいましょ～！」咲本はグラスの中身をぐいっと飲み干し「璃佳ちゃん、よろしく～！」

手を叩く。

大浴場と同じ階にあるゲームコーナー。

木村がクレーンゲームのひとつをぼんやり眺めている。

羽鳥がゲームコーナーの前を通りかかり、木村に気づく。

木村に近づく。

木村が羽鳥に気づく。

羽鳥「とりたいの？」

木村「え？」

羽鳥「（クレーンゲームを指し）その、河童の」

木村「いや、」

羽鳥「木村くん、ぬいぐるみ好きなんだ」

木村「……別に好きってわけでもないけど」

羽鳥「……今ひとり？」

木村「（不審そうに）一応、ひとりだけど」
羽鳥「庭田くんと井波くんは？」
木村「まだお風呂入ってるはず。僕だけ先出てきたから」
羽鳥「そっか」

間

羽鳥「私もひとり。咲本さん置いて出てきた」
木村「そうなんだ」

間

木村「僕、あんまり長くお風呂（台詞を食われる）」
羽鳥「（台詞を食う）話せる？」
木村「え？」
羽鳥「ふたりでちょっと話せる？」
木村「……いいけど」
羽鳥「他の人に聞かれたくないな。……（ゲームコーナーを見回し）あそこ行こう（木村の手を引き、プリクラ機の狭い箱に入る）」
木村「……撮るの？　プリクラ」

羽鳥「撮らない。ここなら人、来ないと思うから」

機械から「コインを入れてね」等と明るい音声が流れるのを無視し、会話を続ける。

羽鳥「……木村くんの、卒業公演の本、面白かったよ」
木村「ありがとう」
羽鳥「木村くんはやっぱり、耳が良いよね。耳が良くないと書けない台詞が、たくさんある。木村くんのそういうところ、本当にすごいと思う」
木村「羽鳥さんの台詞もすごいでしょ。あんな密度の濃い台詞、僕、書けないよ」
羽鳥「でも分かりづらいでしょ」
木村「分かりやすくはないけど、それが羽鳥さんの作風だから、気にする必要ないと思う」
羽鳥「ありがとう。……優しいね木村くん」
木村「別に、優しいとかじゃ」

間

羽鳥「まなざし戯曲賞、出したんだよね？」
木村「出したよ。落ちたけど」
羽鳥「……ご飯食べてるとき言ってたけど、自信作だったんでしょ？」
木村「うん、自信作。高校の頃からずっと温めてたテーマを、やっと形にした、って感じの。これを書きたいって題材がずっとあって、でも技術が追い付いてなかったから書けなかったんだけど、今なら書けるって思って、ついに書けた」
羽鳥「……そうなんだ。すごいね。お疲れさま」
木村「うん。正直、渾身《こんしん》の作品だった。だから最終候補にもならずに落選しちゃって、すごく落ち込んでる」
羽鳥「そうなんだ」

間

羽鳥「私、残ってるの」

間

木村「え？」
羽鳥「まなざし戯曲賞の最終候補、残ってるの」
木村「……え」
羽鳥「もし最終候補に残ってたら、年内に連絡があるはずって木村くん言ってたでしょ？　あったの。私に、連絡が来たの」
木村「……そうなんだ。……出してたんだ」
羽鳥「でもこのことは、まだ誰にも言わないで。木村くんの中だけに留《とど》めておいて。最終候補作がまだ発表されてないから、それまでは他言無用でお願いしますって、運営から口止めされてて」
木村「……あぁ」
羽鳥「私ね、ずっと木村くんに勝ちたかったんだ。ずっとずっと、木村くんに負けっぱなしだったから。新人公演の投票もそうだし、私が劇研で担当した公演、ことごとく木村くんのやつより評判悪いし。だからね、私が最終候補に残ってるまなざし戯曲賞で、木村くんが予選落ちしたって知って、初めて木村くんに勝ったって分かって、本当に嬉しくて」
木村「……へぇ」

間

木村「……どんなの書いたの？」
羽鳥「それがね、今回、だいぶ分かりやすいのを書いて。今までは、詩作の延長線上の、お客さんがあんまり見えていない戯曲が多かったから、これじゃいつまでたっても評価されないと思って、自分を曲げて、お客さんに寄り添ってみたの。まぁ言ってしまえば、客に媚《こ》びた戯曲って感じ！　だから正直、自分の手応《てごた》えとしてはイマイチだったんだけど、それが木村くんの渾身の戯曲より上に行っちゃって、なんか変な気分！　まさかこんな形で木村くんに勝つなんてね！　びっくりしたなぁ」
木村「……羽鳥さんはさ、それを僕に伝えて、何を言ってもらいたかったの？」

間

羽鳥「……あ、いや、」
木村「おめでとう、は、言ったほうがいいか。言うべきだね。おめでとう。……これで満足？」
羽鳥「……いや、」
木村「前から思ってるけど、羽鳥さん、伝え方気を付けたほうがいいって感じるとき、けっこうあるよ」
羽鳥「……違うの」
木村「部屋の鍵持っちゃってるし、戻るね（カーテンに触れる）」
羽鳥「あ、いや、ごめん、無神経だった、間違えた、ごめん、（追いかけようとするが、過呼吸気味になり、その場にへたり込む）」

木村、プリクラ機を出ていく。

羽鳥「（呼吸が落ち着き、ぶつぶつと）ごめん、違うの木村くん、嬉しかったの、木村くんは本当にずっと目標だったの、やっと少しだけ勝てたから、嬉しくて伝えたかったの、それだけなの、ごめん、傷つけちゃった、ごめん、間違えた、どうしよう、どうしよう、」

羽鳥、かろうじて立ち上がり、プリクラ機を出る。
辺りを見回す。
木村はもういない。

「そんだけ？」咲本がきょとんとする。演技を解き、魂を吐き出したように立ち尽くす羽鳥を、ぺたんと座ったまま見上げ「そんだけのことを、八年も抱《かか》えてたの？」

「……ずっと、心に、引っ掛かってた」羽鳥は俯いたまま、自身に語りかけるように「私の無神経が、木村くんを傷つけて、それで、木村くん、死んじゃったんじゃないか、って。私が木村くんを、殺しちゃったんじゃないか、って」

「そんなんで死ぬ？」咲本は訝《いぶか》しげに羽鳥を見つめ「芽以ちゃんがデリカシーないのは、別に前からじゃん。言わなくていいこと言って、いろんな人傷つけてたじゃん。いつものことじゃん。木村くんもムカつきはしただろうけど、それで終わりじゃない？」

「咲本さんには分からない」

「……い「分からない。何かをゼロから作ったことない咲本さんには、分からない。絶対に分からない。渾身の作品を評価されないことが、どれだけ、どれだけ苦しいか。それを茶化《ちゃか》されることが、どれだけ心の奥深くに食い込んで、取り返しのつかない傷を残すか。自分の全部が、これまでの人生が、自分が大好きだったもの全部が、丸ごと否定された気持ちになること、咲本さんには分からない」

「なに言ってんのまじでさっきから」咲本が苛立たしげに眉を動かし「バカじゃないの？しょっぼ。なんか隠してそうだなって思って問い詰めたけど、そんなんで八年もうじうじしてたの？しょぼいね。聞いて損した」

「咲本さんには分からない！」羽鳥が絶叫する。喉から血が噴き出すみたいに、声がずたずたに掠れ「私がずっと、ずっと、ずっと、木村くんの影を追いかけてたこと、木村くんを越えるための人生だったこと、咲本さんには分からない！　話すの苦手で、ひとりで、詩を書いて、人生で初めて出会った、尊敬できる人が木村くんだったこと、いつか木村くんに認めてもらうために、そのためだけに、演劇を続けてきたこと、あなたには死んでも分からない！」腿《もも》の横で、拳《こぶし》を震わせ「新人公演のために書いた戯曲が、私の渾身だった。それが木村くんに負けて、悔しくて、悔しくて。人生で初めて、悔しいって思った。勝ちたいって思った。木村くんみたいになりたかった。まなざし戯曲賞で、木村くん抑えて候補入りしたとき、嬉しかった。でも意味なかった。結局獲れなかったし、あんな、客に媚びた戯曲で木村くんに勝っても意味ない。無駄にはしゃいで、木村くん傷つけただけだった。次は絶対、私の書きたいことをちゃんと書いて、勝つ。って思ってたら、木村くん、死んじゃった。なんで？　なんで木村くん、死んじゃったの？　私があんな、ひどいこと言ったせい？　木村くん、死んじゃって、私のせいで死んじゃって、私、木村くんに勝たなきゃいけなくて、劇団立ち上げて、木村くんに勝つために、芝居作り続けて、凄いの作り続けたら、木村くんに勝ったことになるかな、って、私、ずっと作り続けたけど、木村くんには、もう、勝てない。死んでる人には、勝てない。苦しいよ。どうやったら、木村くんに勝てるの？　教えてよ。私、木村くんに勝ちたいよ」声を潤《うる》ませ、洟を啜る羽鳥を、咲本は暗い目つきで眺める。

「……でもさ、」井波が顔をしかめ「それで岸田賞獲れたんだから、別によくね？」

「よくない！」羽鳥が火を吐くように叫び「私、パワハラで告発されそうなの！」握った拳が、ぎりぎりと軋《きし》み「だってしょうがなくない？　木村くんが生きてたら、私が木村くんを殺してなかったら、木村くんに勝たなきゃいけなかったから！　木村くんはもっともっともっと凄い演劇作ってたから！　私の舞台に立つ俳優には、たとえ〇・一秒でも、私の意図を外れて呼吸して欲しくないの！　しょうがなくない？　だってそうでもしないと木村くんに勝てないよ！　二ヵ月前にさ、劇団員の一人からすっごい長いLINE来て、指どれだけ滑らせても文面終わらなくて、私の言動がハラスメントに当たるとか、弁護士に相談してるとか、改善しなきゃ法的手段に訴えるとか、怖いことといっぱい書いてあって、三年くらい前から私への鬱憤《うっぷん》溜まってたらしくて、岸田もさ、だから、意味ないんだよ、あんなの。その時期の上演で獲ったんだから、あの子傷つけながら獲ったんだから、あんな芝居、評価されちゃいけないんだよ。辞退すべきだったんだよ。おかしいよね、私、ハラスメント防止の講習も受けてたのにさぁ、こんなの絶対ダメでしょって、私も怒ってたのにさぁ、まさか自分が告発されるなんて思わないよ！　でもしょうがなくない？　しょうがないよね？　だってわたしが木村くん殺したんだよ？　私が木村くんになるの。ならなきゃいけないの。私が木村くんになって、木村くんが生きてたら作ってたはずの、これまで地球で上演されたどの舞台よりも、鮮やかで、衝撃的で、泣けて、笑えて、胸に刺さって、一生忘れられない、唯一無二の舞台を、どうしても作らなきゃいけないの。下手な俳優は邪魔なの。使えないの。完璧にやってくれないと、木村くんみたいな演劇は、作れないの。届かないの」

羽鳥は眼鏡を外し、浴衣の袖で、溢れ出る涙を拭う。小さい子どもみたいに、立ったまま、ぐしゅぐしゅと、浅い呼吸で弱々しく泣く。

「泣く資格ねぇだろ」井波が立ち上がり、大股《おおまた》で羽鳥に近づき「自分がパワハラした原因を、木村に押し付けんなよ」

「だって、」

「だってじゃねぇよ。そういうのまじでクズだから」視線で殴るように、羽鳥を睨みつけ「木村に勝ちたいとかじゃなくて、性格が終わってるだけだろ」

「だって、」手をすっぽりと飲み込んだ袖を伸ばし「だって、」涙を拭う。

「関係ねぇだろ木村は」

「でも、私が木村くん殺したから、木村くんの代わりに、私、」

「お前の人生の、お前の問題だろ」井波は羽鳥を、貫くように見つめ「羽鳥さんがコミュニケーション苦手なのは知ってる。でもそれを改善しない言い訳に、改善の努力を放棄する言い訳に、木村を使うな」

涙を拭う羽鳥の、腕がぴたりと止まる。

顔を隠したまま、嗚咽《おえつ》を抑えつけ、薄い綿の生地が、鼻息でぴらぴらそよぐ。

「でも、」袖の覆いは外さず、笛がひゅっと鳴るように息を吸い、熱い息を漏らし「でも、私が木村くんを殺したのは、木村くんを傷つけたのは、事実だから」

「なーにが事実なんだか！」咲本が呆れ果てたように、羽鳥を見上げ「芽以ちゃんバカだねぇ～。頭いいのに！　これに関しては、ほんっと～にバカだね！」

「でも、木村くん、本当に傷ついた顔してたし、」

「気のせいじゃない？　黙って聞いてたけど、弱いっしょ、どう考えても！」

咲本はどこか吹っ切れたように、満面の笑みを浮かべ、

「やっぱ木村くん殺したのわたしってことじゃん！　なるほどね！　やっと分かった！　りょーかーい！」

整然と並んだ歯が、白く光る。

冷えたような、浮ついたような、現実感がどこかへ流れ出したような沈黙が、場を支配する。

「なるほどね～。みんな木村くん殺したとか言ってるけど、ぜんぜん弱いもんね～。これやっぱ

わたしが木村くん殺したんだね〜。なるほどなるほど〜」棒状のスナック菓子をざくざくと咀嚼する音が、騒々しく響き「うんま」ビールを缶から直接、喉へ流し「まっじぃ」口の端《はし》から零れた液体を、手の甲で拭い「まっずいわやっぱ。ビール嫌いなんだよねわたし」ふてぶてしく、美しく笑い「てかさ、庭田くんも芽以ちゃんも、勘付いてたんじゃないの？　木村くん、コンビニから免許証取りに戻ったとき、なんかあったかもな、って」

羽鳥は腕を下ろし、怪訝な面持ちで「……免許証？」

「しらばっくれちゃって〜」咲本がグラスに氷を足し、桃の缶チューハイを開けて注ぎ、溢れそうになる泡《あわ》をじゅっと音を立てて吸う。「花火の後だよ」唇に付いた甘い酒を、ぺろりと舐め「わたしと井波くんが片付けして、庭田くんと芽以ちゃんと木村くんがコンビニ行ってたとき、木村くん免許証取りに、わざわざ宿戻ってきたでしょ？」

壁を向いて横になっていた庭田が、ごろりと反転し、起き上がり、あぐらをかく。

「……ん？」涙の跡が乾いている。

「一回も思わなかった？　八年間。あのときの木村くん、わたしと井波くんと、何かあったんじゃないかな〜って」

「……いや、」庭田が首を振り「別に」

「あっそ」冷えた視線を、庭田から羽鳥へ移し「芽以ちゃんは？」

羽鳥の瞳がぐらつき「私も、特には」

「あっそ！　そかそか！　りょーかーい！　怖くて考えないようにしてたってことね！　なっるほどね〜。了解で〜す！」

庭田は身を竦め、怯えた声で「……わかんね。どういうこと」

「怖くて、その可能性を考えないようにしてたってことでしょ？　だから今日ここ来てからも一回も、あのとき木村くんと会ったかとか、何してたかとか、訊いてこないんでしょ？」

「怖いって、何が」

「木村くんの死が、自分と関係ないって分かっちゃうのが怖いんでしょ？　だから怖くてわたし責めらんないいんじゃん！　死んだ木村くんにずっとみっともなくしがみついてること、パチモンの自責握りしめて悦に浸ってた恥ずかしい八年だったってこと、認めたくないだけじゃん！」

羽鳥が備え付けのティッシュを引き抜き、鼻をかむ。「……何言ってるか、ぜんぜん分かんないんだけど」くしゃくしゃのティッシュを固く握り、表情も声も、硬く引き締める。

「璃佳ちゃん、手！」

手を叩く。


花火を終えた空き地。

意外とゴミは少なく、一分も経たずに拾い終わる。

咲本「ゴミ、あんまりないね」

微笑みかけられた井波が「え？」困惑し「え、これ俺、なに？　どうすりゃいいの？」

咲本が大きな舌打ちを響かせ「やれよ」井波を睨む。

「えっ、その、」

「やるんだよ。いいから」

「いや、」目を泳がせ「何？　やるって何？　何を？」

「上演」

「はぁ？」井波の目が吊り上がり「何を？　どこから？」

「あれを。花火片付けるとこから」

「いや、つっても、」

「往生際悪いな。やれよ。分かってんでしょ」

「いや、」

「いいから！　璃佳ちゃんよろしく〜！」

手を叩く。

花火を終えた空き地。

意外とゴミは少なく、一分も経たずに拾い終わる。

咲本「ゴミ、あんまりないね」

「いやいやいや、」井波が軽薄な笑みを浮かべ「え？　まじでやんの？　だって俺あんときー」

破裂音が鳴る。

咲本が横っ面をはたき、井波は驚いた顔で、頬を押さえている。

「やれよ。つべこべ言わず」

手を叩く。

花火を終えた空き地。

意外とゴミは少なく、一分も経たずに拾い終わる。

咲本「ゴミ、あんまりないね」

井波「な」

間

井波「じゃあ戻るか」
咲本「うん」

井波が水を張ったバケツを、咲本がゴミ袋を持ち、並んで宿までの道を歩く。

咲本「一人で重くない？　それ」
井波「いや、余裕」
咲本「花火、楽しかったね」
井波「な。キレイだったわ」

間

井波「どうなん？　木村と」
咲本「ん、」
井波「三週間くらい？　付き合って」
咲本「んとね、ほぼ一ヵ月かな。十二月十四からだから」

井波「どう？」
咲本「どうって」
井波「ラブラブ？」
咲本「……ラブラブて。語彙《ごい》死んでない？」
井波「死んでねぇだろ別に」
咲本「アベックとかと一緒じゃん」
井波「一緒じゃねぇよ。ラブラブはまだ、ふつうに生きてるだろ」
咲本「え～死んでるよ～」
井波「それは置いといて、どうなん？　木村と。仲良い？」
咲本「仲は良いけど、ん～」
井波「なに」
咲本「なんかまだ、友だちの延長というか」
井波「そうなんだ」
咲本「んーなんか、私は好き好き大好き超愛してる～って感じめっちゃ出してんだけど、木村くんがなんか、あんま」
井波「照れてんじゃね？」
咲本「……そういうもん？」
井波「うん。だって木村、そういうの慣れてなさそうじゃん」
咲本「……まぁ、そうか。そうだよね、やっぱ」
井波「てか彼氏いたよな、咲ちゃん」

短い間

咲本「ん?」
井波「バイト先の先輩。こないだまで付き合ってなかったっけ」
咲本「……付き合ってた、けど」
井波「いつ別れたん?」
咲本「いつだろう」
井波「なんか冬休み入る前は、ふつうに彼氏がどうのこうの言ってたじゃん。気づいたら木村と付き合ってるとか言ってて、まじびびったんだけど」
咲本「あー、ね。私もまさか、木村くんと付き合えると思ってなくて、びびった」
井波「どっちから告ったん?」
咲本「わたし」
井波「へぇ。すげぇ。すんなりOK?」
咲本「すんなり……まぁ、すんなりか。何回か告って、やっとって感じだけど、最後の告白自体は、まぁすんなり」
井波「え何回も告ったん?」
咲本「……うん」
井波「いつから?」
咲本「……ん?」

井波「いつから木村に告りはじめたん？」
咲本「……十月とか？」
井波「え彼氏いたじゃん」

短い間

咲本「……まぁ」
井波「え、ダメじゃん」
咲本「ダメっていうか、まぁ」
井波「彼氏いるのに、木村に告っちゃダメじゃね？」
咲本「ダメっていうかまぁ、別れたかったしね。そんくらいの時期から」
井波「いやちょっと、えぐいわ。……え、で、いつ別れたん？　結局」
咲本「……ん？」
井波「前の彼氏と」
咲本「……まぁぶっちゃけ、二十とか」
井波「十二月？」
咲本「まぁ十二月」
井波「被ってんじゃん」
咲本「いやいや、十四と二十だったら、被ってるうちに入んなくない？」
井波「入るだろ」

咲本「誤差じゃん。それくらい」
井波「誤差とかじゃなくて、二股《ふたまた》は二股だろ」
咲本「え～」
井波「それ木村知ってんの？」
咲本「……知らないけど」
井波「じゃあ悪いことしてる自覚あんじゃん。隠してるってことは」
咲本「えぇ～、ん～、あっちが別れるの渋ってずるずるいっちゃっただけだし、別に悪いとも思ってないんだけど……言わないでね？」
井波「言わねぇけどさ」

間

井波「え、てか、なんで木村に告ったん？」
咲本「顔が好きすぎるから」
井波「じゃなくて別に、前の彼氏とちゃんと別れてからでよかったじゃん」
咲本「あー、なんかわたし、インターバル空けたくないんだよね」
井波「……ほぅ」
咲本「あとクリスマス前だったし。さすがにクリスマスは、ちゃんと彼氏いる状態で迎えたいじゃん」
井波「いやいやいやいや」

咲本「彼氏いない期間あると落ち着かないんだよね。恋愛体質だからさ。常になんか、相手いないとダメなんだよね。空洞を埋めたいっていうか」
井波「……あー」

間

井波「咲ちゃん、劇研では彼氏作らないとか言ってたのに」
咲本「……まぁね」
井波「なんだったんだよあの宣言」
咲本「いや、ちがくて、その、だから、あんまこのサークルで、恋愛関係どろどろさせたくなかったんだよね。演じるの好きだし、居づらくなったら嫌じゃん」
井波「……俺のこともフるしさぁ」
咲本「そういう法律だったからね」
井波「法律ではねぇだろ」
咲本「自分内法律。自分で立法して、自分で遵守《じゅんしゅ》する法律」
井波「じゃあなんで木村と付き合ったんだよ。法律違反じゃねぇか。捕まんぞ」
咲本「だってわたしと木村くんなら、あんまどろどろって感じしなくない?」
井波「……そうかぁ?」
咲本「明らかに美男美女だし、この二人なら、まぁ、って感じじゃない?」
井波「自分で言うなよ」

咲本「でもそうじゃない？　客観的に」
井波「……まぁ客観的にな」
咲本「わたし木村くんの顔、まじで好きなんだよね」
井波「……美形だよな。めちゃくちゃ」
咲本「なんかもう、顔見てるだけで脳汁ドバドバ出んだよね。やばくない？　オーロラとか一緒じゃない？　ジャンル」
井波「まぁオーロラっぽさは、わからんでもない」

間

井波「でもラブラブじゃないんだろ？」
咲本「だから死語」
井波「木村がデレてくんなくて、寂しい？」
咲本「……そうね、まぁ、寂しくなくはないよね」
井波「ほーう」
咲本「なんかさ、木村くんと二人でいると、緊張するんだよね。落ち着かないっていうか。顔見てる分には幸福度やばいんだけど、会話がなんか、二人きりだとあんまり」
井波「あー」
咲本「最初下の名前で呼ぼうとしたけど、なんかしっくりこなくて、また木村くん呼びに戻っちゃったし」

井波「まじか。彼氏なのに」
咲本「うん、ね」
井波「……俺のが話しやすい？」
咲本「……まぁ楽に話せるのは井波くんかなぁ」

宿の前に辿り着く。

咲本「(バケツを指し) 流すの？　それ」
井波「や、さっき調べたんだけど、なんかすぐ捨てちゃいけないっぽい」
咲本「へぇ」
井波「なんか危ないらしい。火薬が」
咲本「そうなんだ」
井波「訊いてみようかな、フロントに」

自動ドアをくぐり、フロントへ向かう。

井波「あの、すいません、借りたバケツで花火やって、いま終わったとこなんですけど、火薬があれですぐ捨てると危ないみたいなんで、朝まで預かってもらうこと可能ですか？」
フロント「あ、でしたら、こちらで処分しておきます」
井波「いいんですか？」

フロント「もちろんでございます。あ、そちらのゴミ袋も、こちらでお預かりしてしまいますね」
井波・咲本「ありがとうございます」

フロントを離れる。

井波「なんか、すぐ終わっちゃったな」
咲本「ね」

エレベーターへ向かう。ボタンを押す。

井波「え、ない？　俺とは」
咲本「……ん？」
井波「付き合う的な」
咲本「……え？　は？　何？　どういう文脈？　わたし木村くんと付き合ってるけど？」
井波「なんかさぁ、(数秒、言葉を選び) 木村と咲ちゃん、付き合うって感じじゃない気がする」
咲本「はぁ？　何言ってんのまじで」
井波「推し、って感じじゃね？　彼氏ってよりは」
咲本「……いや」
井波「いまだに苗字《みょうじ》で呼び合ってんでしょ？　もう一ヵ月経つのに。それに二人だと会話続かないって、けっこう致命的じゃね？」

咲本「……いやいや」
井波「あれはその、どんな感じなん？　どこまで、とか」
咲本「……ん？」
井波「いや分かるでしょ。身体のあれ的な、そっち系」
咲本「……手は繋いだ。一応」
井波「うわ、ほら。そうじゃん。やっぱそういう感じじゃないじゃん」
咲本「ん～」
井波「てか手だけか、まだ。なんなら俺と咲ちゃんのが進展してんじゃん、よっぽど」
咲本「……あのときはまぁ、ね。べろんべろんだったし」

エレベーターが到着する。中には誰もいない。乗り込む。
井波が四階のボタンを押す。

井波「……え、ない？　まじで」
咲本「ないでしょ」
井波「いったん並行でもいいからさ。前の彼氏みたいに。いったん隠して俺とも付き合って、やっぱ木村とは恋愛じゃないなってなったら、って感じでも」
咲本「いやぁ。う～ん」

エレベーターが四階に到着する。

井波「（開ボタンを押したまま）降りねぇの？」
咲本「あ五階か、わたし。（手を伸ばし、五階のボタンを押す）」
井波「（開ボタンを押したまま）じゃなくて、部屋来ねぇ？　こっちの」
咲本「……ん？」
井波「暇っしょ。みんな戻ってくるまで」
咲本「……そうだけど」
井波「こっちの部屋でしゃべってようぜ。いったん」
咲本「えなんか、……怪しくない？　ふたりで部屋いたら」
井波「別に怪しくないだろ。片付けすぐ終わっちゃって、部屋戻ったらそれぞれ独りになっちゃって寂しいから、こっちの部屋でダべってた、ってことでいいじゃん」
咲本「んん〜」
井波「いいじゃんいいじゃん。逆に意識するほうが変じゃね？　同期なわけだしふつうに」
咲本「……でもわたし、井波くんとは、ね。……危なかったじゃん。前」
井波「でも結局最後までしてねぇし、その感じ表に出てないから平気っしょ」
咲本「んん〜」
井波「ちょ、とりあえず、降りて。（咲本の背に手を当て、エレベーターの外に押し出す。自分も降り）あんま長く止めてると、あれだから」

エレベーターが閉まる。

井波「こっち（自販機コーナーを通過し、廊下の右を指す）」
咲本「（井波の顔を見る）……（一瞬迷った末、後に続く）」

井波は咲本をちらちら振り返りながら、廊下を奥へ進む。
部屋に上がり、井波は布団の上に胡坐をかく。

井波「座って。ここ（同じ布団の上をぽんぽんと叩く）」
咲本「……（少し距離を置き、座る）広いね」
井波「三人部屋だからな。こっちは」
咲本「そか」
井波「俺、敷きたて？　洗いたて？　の布団の匂い、好きなんだよな」
咲本「……わかる。いいよね、なんか」
井波「（わずかに咲本に寄り）そのピアス新しい？（見るために、さらに寄る）」
咲本「（うっすら距離を取り）うん、わりと。冬休みに買った」
井波「木村に買ってもらったん？」
咲本「いや、自分で」
井波「へぇ。（さらに寄り）初めて見るわ」
咲本「そか」
井波「へぇ、いいじゃん。（ピアスと耳たぶに触れ）似合ってる」

咲本「そう？（顔をそむけ）ありがと（指から逃げる）」
井波「顔くっきりしてるから、大ぶりのアクセサリー似合うよな」
咲本「ダメだって（離れる）」
井波「何が」
咲本「……わたし井波くんそんな嫌じゃないんだから、そういう感じで来ないで」
井波「嫌じゃないならいいじゃん」
咲本「……ダメ。わたし木村くんと付き合ってるし」
井波「いいじゃん。俺とも付き合うってことで。そういうの抵抗ないんしょ？　いいじゃん、ちょっとだけ、」
咲本「みんな戻ってくるでしょ？」
井波「けっこう遠かったよコンビニ」
咲本「……でも」
井波「あと五分だけ。そしたら部屋帰っていいから」
咲本「んん〜。……でもなぁ」
井波「（髪に触れ）ここまでは別に、今までもしてたじゃん」
咲本「そうだけど」
井波「（首に触れ）最後したのいつ？」
咲本「（抵抗せず）……ひと月前くらい？」
井波「前の彼氏？」
咲本「うん」

井波「その時期もう、仲悪かったんじゃねぇの？」
咲本「悪かったけど、まぁ、そっちの相性はよかったし」
井波「そか。（密着し）したい？」
咲本「ん。（あまり拒まず）しない。したらやばいでしょ」
井波「強いんでしょ？　性欲」
咲本「……まぁ」
井波「だから禁止してたんでしょ？　恋愛。劇研では」
咲本「まぁね。そう思ってないと、しちゃうから。サークル壊れちゃうから」
井波「アイドルみてぇ」
咲本「恋愛禁止が？」
井波「そう」
咲本「たしかに（笑う）。アイドルってほどかわいくないのに」
井波「かわいいっしょ（頬に触れる）」
咲本「ん、（身をよじる）」
井波「（頬を手で包んだまま、キスをする）かわいい。いちばんかわいい」
咲本「（形だけ逃げるように）ダメ。そんなん言っても」
井波「いいじゃん。前もしたじゃん」
咲本「でも、」
井波「（口を口でふさぎ）いいっしょ」
咲本「んっ、（また口を吸われる）……おしまい。はい」

井波「あと一回（口を吸う。背中に手を回し、舌を入れる）」
咲本「（舌を絡め合う）」

扉が開かれる。

木村「あ、開いてた。よかった。免許証をね、」

咲本と木村の目が合う。
木村の顔が、みるみる赤くなる。

木村「ごめん」

木村が慌てて財布を取り、部屋を出ていく。

「終わってるよね、まじ」咲本が芝居を止め、髪を掻き毟り「あ〜終わってる。終わりすぎ。猿でしょこんなん。きっしょ。キショすぎる。まじ終わってんね！」

井波は木村の役から降り、居間に戻りかけるが、顔から血の気が引いていき、どたどたとトイレへ駆け込む。

「こんなん見せられたらさ、死ぬよね。死ぬ。わたしだったら死ぬ」井波がえずき、呻《うめ》く音が、壁越しに響き「付き合って一ヵ月の彼女がさぁ、同期の男とべろちゅーしてるとこ見せつけられるとか、死ぬよ。地獄地獄。がんばって戯曲書いて、がんばって演出して、みんなのために働いて働いて、扉開けたら彼女と同期がべろちゅーなんて、こんな地獄そうそうないよ！　ドア開けたらべろちゅーて！　地獄オブ地獄！　最低だね！　死にてぇ〜！　ごめん木村くん！　わたし死ぬね！　今まで生きててごめん！　ちょっと長く生きすぎた！　すぐ！　すぐ死ぬね！」

咲本が窓際へ駆け、錠をばちんと下げる。窓をスライドさせるも、飛び降り防止のためか、半分ほどしか開かない。

「クソが！」

振り返り、座卓を見回し「刃物どこ。ないじゃんクソ！　アイスピックとかあればなぁ！」

「落ち着けよ、咲本」

立ち上がった庭田が、距離を取りつつ、咲本を諭《さと》す。

「落ち着いてられっか！　わたしカスなの！　猿なの！　お前ら雑魚とは比べもんになんないくらい木村くん傷つけてんの！　まじ最低だよみっともなく発情してさぁ！　猿以下だよまじ！　死ぬね！　死ぬ！　もう人生おしまい！　そうだ庭田くんわたしのこと殴って！　顔とか内臓とか、テキトーにぶん殴ってよ！　男の力で殴られれば死ねるかも！　演技下手でも暴力くらいいけるっしょ！」

「殴れるわけねぇだろ」庭田が暗く怯えた目で、咲本を見据え「というか咲本だけが悪いわけじゃないだろ」トイレのほうを一瞬見て「井波も同じくらい悪い」

「知らねぇよあんなカス！　あいつはあいつで勝手に死ねばいいよ！　だっせぇなまじ顔真っ青でトイレこもってさぁ聞こえてんのかこれ！　お〜い聞こえてる？　聞こえてる〜？　お前はお前で死ね！　二度と関《かか》わんな！　わたしはひとりで死ぬ！　わたしがバカだから死ぬ！　わたしが猿だから死ぬ！　わたしの問題なの！　わたしの問題なのっ！」

羽鳥は座椅子に腰を据えたまま、憐《あわ》れむような目で、咲本を見上げている。

「見んな！　見世物じゃねっつの！」灰皿を摑み、振りかぶり——庭田が咲本を羽交《はが》い絞めにする。陶器の灰皿が手を離れ、床に落ち、ごとりと鈍い音を立てる。

「触んな！　放せ！　殴れ！　殺せ！」じたばたともがき「いいから殺せよ！　そうだ灰皿！　いま落とした灰皿！　ちょうどいいね！　これで脳天かち割ってよ！」

「お前らの浮気は最低だけど、死ぬことはないだろ」庭田は両腕に力を込め、咲本を押さえつけ「死んだらもったいねぇって。咲本、すげぇ売れてんのに」

「もったいないってなんだよ！　もったいないってなんだよっ！」喉を嗄《か》らして吠え「なんだお前もったいないって。もったいないもったいないなくないで生かす殺す決めてんのか。あぁ？　どういう倫理観だお前。無職は死ねってこと？　有意義な人生送ってるやつだけ生きろってこと？　あぁ？　何だお前まじで。この時代にその倫理観でくっちゃべってたらお前いつか絶対社会から消されるからな」

「ちげぇって。ちげぇけど、みんな死んじゃだめだけど、咲本は特に、死んじゃだめだろ。芸能人だし、こんな売れてんだから。結婚もしてるし。順風満帆じゃん」

「順風満帆じゃねぇよ！　お前らネット見てねぇのか今日！　あぁぁぁぁ死ね！　死ね死ね死ねっ！」咲本が大粒の唾液《だえき》を飛ばし「おい、そこの岸田賞。スマホを手に取れ。ツイッターをひらけ。トレンドを見ろ」

羽鳥が緩慢な動作で、スマートフォンを引き寄せ、操作する。

「早くしろ。トレンド。なんて出てる。読み上げろ」

「……ユキヒョウの赤ちゃん」

「それじゃない。舐めんな。もっとそれっぽいやつあるだろ」

「人気バラエティ女優。未成年不倫」

「やっぱ出てんじゃねぇかクソ！　クッソ！　クソがぁ〜！」羽交い締めにされたまま、咲本が椅子の脚を蹴り「あ〜終わった終わった！　終了！　人生おしまい！　死ぬね！　もう死ぬ！　お疲れした〜」何度も執拗に蹴りつけ「クソがよぉ〜」

羽鳥は能面のような顔で、画面に指を滑らせ「『明日発売の某週刊誌に人気バラエティ女優の未成年不倫記事が出ます』だって。……たまにいるよね、こういう、謎のリークするアカウント」さらに指を滑らせ「咲本寧々じゃないかって言ってる人多いね。今日ぜんぜんスマホ見てなかったから、気づかなかった」

「はいおしまいおしまい！　もう死ぬしかないね！」庭田に摑まれたまま、錆《さ》びた鉄を擦るように喚《わめ》き「……ぉ！　……っ！　……ね！　死ね！　死ね死ね死ね！　……った！　終わった！　あいつが！　あいつ！　クソっ！　……ソっ！　呪《のろ》いだ！　呪い！　木村くんの呪いだ全部！　……っぽそうじゃん！　わたしが木村くん殺したからじゃん！　だからこんな！　クソっ！」

「未成年不倫って、」暴れる咲本を、庭田は必死に押さえつつ「ほんとかよ」

「ほんとだよ！　全部ほんと！　だから明日でわたしの芸能人生おしまい！　お〜しまいっ！　短い生涯でしたっ！　じゃねぇよクソっ！　クソっ！　あぁぁぁぁぁあぁぁぁ！　もうあぁぁあああぁぁぁあぁぁぁあぁぁぁあぁぁ！　はぁぁあぁぁぁぁ畜生！　死ねっ！　かわいかったの！　超かわいい男の子！　木村くんみたいなさぁ！　オーロラみたいな！　まじ一般人とは思えない、超キレイな顔で！　福岡《ふくおか》住んでて、撮影のときファンレター渡してくれて！　もうほんと、超〜〜〜かわいくて！　そっから仕事で福岡行くたびちょこちょこ会うようになって、ホテル呼んで、気づいたら一線越えてて！　ダメなんだよわたし猿なんだよ歯止め利かないんだよ分かってたよ自分がいつかそういうのしでかす人間だってさぁ！　ハタチって言ってたじゃん！　嘘じゃん！　でも不倫は不倫だからさぁ！　それ言ったってもう、しょうがないじゃん！　覆せないじゃんイメージは！　その子から正月、ひさびさ連絡来て、わたしとのこと、週刊誌に売るって！　わぁ～！　最っ低！　最っっっっ低！　反吐《へど》が出るよ～！　でもわたしも負けず劣《おと》らず最低だから人のこと言えないねっ！　井波くんとべろちゅーして木村くん殺しちゃったし！　てへっ！　てへっじゃないわ死ねまじ終わってんねほんとにさぁ！　まじで記者来たしさぁ！　直撃取材ってほんとにあんだね！　すごいね芸能人！　憧れの直撃取材！　じゃねぇっつのバーーーーカっ！　まじもうおしまいだよわたしもあいつもクソ週刊誌もなにもかも終わってるよまじで！　まじわたしスマホ川ぶん投げてここ来てっからね！　知らねぇよもうまじ全部知らねぇ知らねぇ知らねぇ！　だから死にま～す！　もう生きてても意味ないんで死にま～す！　木村くんにも会いたいしね！　って会えないか！　木村くんは天国で、わたしは地獄か！　まぁいいや死ぬ！　死ぬね！　おらっ離せ大根役者っ！　ちゃんと人の台詞を聞け！　お前は人の台詞をちゃんと聞いてないから下手なんだっ！　灰皿貸せ！　貸せよおらぁっ！」

「咲本さ、」庭田は疲れ果てた顔で、それでも咲本を離すまいと力を込め「だからこうやって、みんな集めたのか？」

「あぁぁ～うわぁ～あぁ～それ言っちゃうんだ！　ほんとプロ意識ないね！　勝手に降りんなっつーの！　みんなそれだけは言わずにやってきたのにさぁ！　俳優魂とかないの？　だから売れないんだよっ！」咲本は無理に首をひねり、背後の庭田に唾を吐こうとするも、外れ、窓がべちゃりと濡れ、粘《ねば》ついた雫が、垂れて窓枠に溜まる。

「さすがにもう、終わりでいいだろ」

「よくないけどいいやもうっ！　もういいで〜すっ！　お〜しまいっ！」

咲本は庭田を振りほどき、半端に開いた窓から璃佳をぶん投げる。

リカちゃん人形が宙を滑り、夜風を裂き、川面《かわも》を破る静かな音が、遠く聞こえる。

「みんなありがとねまじありがとわたしの設定に付き合ってくれて！　そこだけはまじ感謝してる！　そこだけは！」

「いや、」庭田がリカちゃん人形の行方を目で追ってから、咲本に視線を戻し「そりゃあんなメッセージ来たら、やらざるを得ねぇだろ」

「あっそ！　そっすか！　お前が逃げようとしたときまじブチ切れかけたけどねっ！」

「だってまさか人形でやるとは思わねぇし、さすがに付いてけねぇと思って、」

「なんでよ！　前に木村くんもやってたじゃん！　キリンのぬいぐるみと漫才するやつ！　わたしの璃佳ちゃんボイス完璧だったっしょ？　売れっ子女優舐めんなよ！」

「いや、」

「宿着いて、わたしがリカちゃん出した途端へらへらしやがってさぁ。まじ死ねって思ったね。来たんなら、ちゃんとやれよって感じじゃん？　だからいつまでもキャパちっさい知り合いしか来ない終わってる演劇出続けてるんじゃん？」

「咲本さんは、」羽鳥が神妙な顔で、口を挟み「スキャンダルが明るみに出ることが分かったから、私と庭田くんと井波くんに連絡したの？」

「そそ！　あの子から『記者の方にすべてをお話ししました』とか言われてブロックされて、証拠とかふつうにめっちゃ残ってるし、もうおしまいじゃん！　って。もう死のうとしたけど、木村くんのことだけが心残りでさぁ。あれから八年疎遠になっちゃってたけど、みんなわたしの浮気が原因って気づいてんのかな、てかまじで原因あれだったのかなぁ、とかぐるぐる考えちゃって、死ぬ前にこれだけはっきりさせとこうって、ひさびさ連絡した！　でもふつうに飲み行ったりしてもつまんないじゃんっ！　だから旅館予約して、設定伝えて、脅迫状送っちゃった！　どう？　架空の妹が、木村くんの死の真相を追及してくるエチュード！　楽しかった？」

羽鳥は重苦しい息を吐き、彫ったような皺を眉間に刻み「なんでわざわざ、ここま「だってこうでもしないと、みんな腹割って話さないじゃん！　上辺の話しかしないじゃん！　テキトーに近況報告して、木村くん天国で元気かなぁとかほざきながら、ぬるい話して終わりじゃん！　それじゃつまんないっ！　ぜんっぜん意味ないっ！　超つまんないっ！　なんか設定入れて、半分演じてたほうが、むしろ本音で話せるでしょ？　演技ってそういうものでしょ？　嘘を宿して本当を差し出すのが演技でしょ？」

「でも、」

「わたしずっと超気持ち悪かったの！　あの合宿終わって、卒業公演の中止が決まってからみんな超ギスギスして、卒業してから誰も連絡取らないし。木村くんがただ死んじゃっただけだったら、こうはなんなくない？　絶対なんか隠してるじゃん！　って。わたしも浮気のこと隠してたけどさぁ！　みんなもなんか隠してんのかなぁ〜って！　そんな気がずっとしてたの！　まぁ庭田くんも芽以ちゃんもクソしょぼかったけど！　そうだよ思い出した！　てことはやっぱ、わたしが木村くん殺したんじゃん！　ちょうどいいね！　芸能人生おしまいだし、人生も同時に終わらせちゃうね！　でもそうじゃん窓これ以上開かないじゃんクソっ！　な〜にが極楽だよ窓途中までしか開かないくせにさぁ！　あっそうだ一階の庭から川飛び込めばよくない？　木村くんみださっ！　ばいば～いっ！　来世あったらそこで！」駆ける咲本を、トイレから出てきた井波が止め「……早まんなよ」「う～わっ！　今さら出てきた！　なに？　ずっと閉じこもってゲボ吐いてたやつが？　今さらヒーローなれるとでも？　え？　わたしとべろちゅーして？　性欲抑えらんなくて？　はじめようとしてきて？　木村くん殺したやつが？　やっばぁ～！　クッソ恥ずいね！　今世紀イチ恥ずいね！」「戻れよ」井波は咲本の腕を乱暴に引き、座椅子に転がし「座れ」「はぁ？　お前ごときがわたしに命令する権利あると思ってんの？」立ち上がろうとする咲本の肩を「いいから座れ」後ろからぐっと押さえつけ「う～わ暴力だよ！　これだから男は！　まじ害悪だな」咲本は抵抗を続けるも、諦《あきら》め、井波を睨み上げ「つーかやっぱ、お前だけ安全地帯いんのムカつくわ。自分だけ無傷ですぅ～みたいな、傍観者ヅラしやがって。呑気《のんき》に家庭作って仕事して、ふつうの幸せ享受《きょうじゅ》してますぅ～正しいレール乗っかってますぅ～みたいなツラしやがって。お前こそ死ねよ。わたしも死ぬけど、まずお前だろ。ふざけんな。特大の不幸が降り注げよ」「無傷じゃねぇから」井波の声が、細く、陰り「俺いま、鬱《うつ》で通院してっから」「……はぁ？」「会社、半年前から行けてない」「……なにそれ。嘘？　同情引きたいの？　キモ」井波は体内の空気を絞り尽くすような、深い溜め息を吐き「ここで嘘ついて、なんの意味があんだよ」「…………」「電車、降りらんなくなってさ」咲本の目元に、微かな動揺が滲み「……それがなに」「朝、会社の最寄り駅着いても、ケツが席を離れなくて。そのまま、山手線を何周も何周も何周もして、日が暮れて、すっかり夜になってから家帰って、それから一回も、会社行けてない」「……へぇ」「俺、自分で言うのもなんだけど、器用じゃん？　物心ついた頃からさ、大抵のことは、人より出来たわけ。勉強も、運動も、人付き合いも。恋愛も、芝居も。何やっても上位だったけど、何やっても、一番になれなくて。だから、木村に会って、あぁ、こういうやつか、って。こういうやつが、才能ある上に、努力して努力して努力して、一番になるんだな、って。だから俺、演劇めっちゃ好きだったけど、ふつうに働こうって。俺は木村みたいには頑張れねぇから。俺みたいなやつは、働きながら、余裕出来たらちょこちょこ演劇やるくらいがちょうどいいな、って。でも。俺のせいで、たぶん俺のせいで、木村死んじゃって。ずっと、見ないようにしてたわ。あの合宿のこと忘れて、心のいちばん奥っこんで、何重にも鍵かけて。劇研の誰にも連絡しないで、演劇から距離置いて。会社でも俺、器用とか、有能とか、さんざん言われてさ。そういうやつに、仕事っていくらでも回ってくんだよな。ぜんぶ引き受けたわ。まじで、ぜんぶ。たぶんさ、余裕作らないように、そうしてたんだろうな。余裕が出来たら、演劇出来ちゃうから。演劇やらずに済むように、仕事引き受けまくって、馬車馬みてぇに働いて。職場の後輩と結婚して、娘生まれて、順調に昇格して。でもなんか、ずっと、引っ掛かってんだよな。忘れたけど、忘れたつもりだったけど、ずっと、心の奥の奥が疼《うず》いてるっつーか。めっちゃ働いてさ。パワハラで有名な上司がいるチームとか、問題起こしまくってる部下がいるチームとか、当たりが強くてやばいクライアントとか、俺、器用だからさ、ぜんぶ俺に回ってきて。上も下も客もクソでも、プロジェクトは進めなきゃいけなくて。そんなのが、同時にいくつも重なって。器用つっても限界あんだよな。気づいたら、電車降りらんなくなって、なんもする気なくなって、耳鳴りして、眠れなくて、脳が虫に食われてるみたいで、まじでもう、なんも出来なくなったわ」「……知らないし」「鬱になってから、夢ばっか見るようになってさ。眠り浅いんだろうな。とにかくまぁ、木村ばっか出てくんのよ。木村、笑っててさ。笑いながら、俺のこと刺してくんの。ナイフとか、ハサミとか、鎌《かま》とか、メスとか、槍《やり》とか、まじいろんな刃物で、俺の心臓、刺してきて。それで目が覚めんの。いっつも。もうさ、この世の全種類の刃物で刺されたんじゃね、って頃に、咲ちゃんから、脅迫状来て。あぁ、やっと終われんじゃん、って。思ったけど、そう思って来たけど、俺、びびりだから、うまく演じらんねぇし、うまく償えねぇわ、ごめんな」井波の澄んだ声が、しんと静まり返った部屋を浮遊し「ごめんな、咲ちゃん。俺もさっさと、死んだほうがいいんだよな。けど、悪いけど、俺一人だと、どうやって死んだらいいか分かんねぇわ。咲ちゃん的には嫌だろうけどさ、俺もう分かんねぇから、一緒に死んでくんね？　頼むわ」咲本が立ち上がり、飲みかけのビールを力いっぱい蹴り「甘えんな」缶が壁に跳ね返り、ぬるい液体が畳を広く濡らし、澱んだ発酵臭が漂い「わたしがひとりで背負う！　お前に分けてなんかやらない！　わたしはひとりで死ぬ！」咲本が広縁に駆け込み、灰皿を拾い上げ「ださ」羽鳥がぼそっと呟き「あぁ？」咲本が手を止め、羽鳥にガンを飛ばし「今なんつった？　ダサいっつった？　わたしのこと」「言った」羽鳥はまっすぐに、水晶のような目で、咲本を見つめ「だってダサいから。木村くん、咲本さんのこと別に、好きじゃなかったし」「なに言ってんの？」「クリスマスの後だから、十二月二十六か、七とかかな。けっこう話題になってた演劇観に行ったら、たまたま、木村くんと会って。終わってからごはん食べたんだよね。明日から実家帰るとか言ってたかな。そこで木村くんに、咲本さんとどうなの？って訊いたら、木村くん、困った顔になって。すごく言いにくそうに、ここだけの話なんだけど、って前置きして、」「ねぇ黙って」「咲本さんが何度も告白してくるから、仕方なく付き合うことにしたけど、やっぱりしっくりこない、って。断って劇研の雰囲気悪くなったら嫌だし、でも恋愛対象として好きじゃないのに、彼氏彼女の関係を続けるのも忍びないし、どうしたらいいのかな、って」「嘘だよ。それはわたしを傷つけるために言ってるんだよ。さっきわたしに攻撃されたから、仕返ししたいだけなんだよ」「本当なのに。だってそう思わなかった？　二人でいても、そんなに楽しくなかったんでしょ？　咲本さんばっかり好きで、木村くんからの好きは、あんまり感じなかったんでしょ？」「木村くん、わたしが初めての彼女だったからね！　緊張してただけじゃん？」「そんなことないでしょ。というかね、木村くん、誰にも恋愛感情を持ったことないんだって。演劇しか、好きになれないんだって」「へぇ～！　へぇ～そぉ～！　まぁ照れ隠しで、芽以ちゃんにはそう言ってたかもね！　でも木村くん、ちゃんとわたしのこと好きって言ってたしなぁ～。それは事実だしなぁ～。照れててデレらんないけど、ほんとは好き、って感じの顔してたしなぁ～」「人間としては、好きだったと思うよ」「いやいや恋人として！　好きって顔してたから！」「木村くんは咲本さんのこと、俳優として、好きだったんだと思う。咲本さん、才能だけはあるし」「いやいやいや手繋いでくれたからね！　木村くんから！　これはさすがに好きっしょ！」「木村くん、演技してたんじゃない？　ほら木村くん、俳優としても、すごく上手でしょ？　卒業公演が終わるまで、劇研の雰囲気を壊さないように、咲本さんのことを好きな演技してたんじゃない？」「……テキトー言わないでくんない？　まじで」「本当のことだよ。木村くん、咲本さんのこと、好きじゃなかったよ。浮気されても別に、なんとも思わなかったよ。だから咲本さん、木村くんを傷つけた責任を取って死ぬなんて、ダサいよ。木村くんは傷ついてないよ。自惚《うぬぼ》れるのも、大概にしたほうがいいよ」「嘘だ！　嘘嘘っ！　やっぱ岸田賞作家だね～。すご～い。芽以ちゃんは話作るのが上手いなぁ～。さすがだなぁ～」「本当なのに」「嘘。絶対に嘘。わたしのこと傷つけたくて言ってるだけ」「逆だよ。わたしは咲本さんのことを救いたくて言ってるの。咲本さんがわざわざ罪を背負おうとするから、その姿が傍《はた》から見ていてとても滑稽《こっけい》だから、早くやめさせてあ「調子乗んな！　まじで！　芽以ちゃんこそ滑稽じゃん！ずっとうじうじうじうじ木村くんみたいになりたい、木村くんに勝ちたい、とかで演劇続けてさぁ！　子ども？　子どもなの？　えっなにこれ公園の話？　公園の砂場でこの話してる？　大人はそんなこと、八年も引きずらないんですけど？　てか自由畑の芝居、一回配信で観たけどさぁ、あんなんただの、木村くんのパクリじゃん！　劣化コピーじゃん！　木村くんのパクリで岸田賞もらって嬉しいの？　パワハラして木村くんパクって、そんなのが岸田賞とか日本の演劇も地に堕《お》「いや演劇離れてる咲本が、それ言う資格ないだろ。羽鳥はずっと、ひとりで、木村のやり残したこと成し遂げようと、闘ってきたんだよ。咲本さ、演劇の仕事断ってんだろ？　逃げてるだけじゃね？　咲本が羽鳥責めるのは違「うるっさいなぁ！　まじでうっさい！　大根は黙っとけよまじ！　無駄にでかいんだよ芝居が！　元野球部のくせに陰キャだから、舞台上だけでも陽キャでいたいの？　演劇は庭田くんのコンプレックスを解消するためにあるわけじゃないんですけど？　というか言っとくけどお前の抱えてたもんが断トツでしょぼいからな！　才能ないんだから早く演劇辞めて就職でもなんでもすれ「不倫してるやつに言「うっわそれ言う？　てか人の不倫とかまじどうでもよくない？　キモいよまじ国民さぁ、ほっとけよぉ、まじで。一般人ってさぁ、なんであんな芸能人の不倫とか好きなの？　暇なの？　人生スッカスカなの？　自分の人生がつまんなすぎ「おれは芸能人の不倫じゃなくて、目の前の咲本のこと言ってんだよ。友だちが不「あれ？　友だちだっけ？　わたしと庭田くんって友だち？　八年も一切連絡してこなかったやつが友だ「友だちだろ。八年経っても、友だちは友だちだろ。というか、やっぱ木村殺したの、おれだと思うわ。木村は結局、演劇がいちばん好きなわけだろ？　咲本のことは好きでもなんでもないわけだろ？　木村のいちばん大事な演劇を否定したのは結局お「黙ってて庭田くんは。浅いところでしか演劇やってないんだから、分かってるような口叩かないで。演劇代表みたいな顔で話さないで二度と。それにその理屈で言ったら、私がいちばん、木村くんを傷つけてるから。木村くんの渾身の戯曲を、私「でも予選落ちしたこと自体は、羽鳥に言われるまでもなく、木村は分かってたわけじゃん。木「私に負けてショック受けたんじゃない？　私が客に媚びて書いた戯曲に負けて、しかもそれを、殊更に喜ばれて。というか今日庭田くんが演じてた木村くん、どれもぜんぜん木村くんじゃなかったから。木村くんはあんな軽薄な話し方しないし、もっと崇高な雰囲気を纏ってる。庭田くんは本当に自分しか見えてなくて、大学時代の演技もそうだったけど、どこまで行っても自分自分自分で、木村くんのことなんにも分かってないんだね。木村くんは庭田くんに構ってる余裕なん「な〜んか二人でこちゃこちゃぐだぐだぺちゃぺちゃ言い合ってっけどさぁ〜、狭い世界で上手いだの下手だの浅いだの深いだの、まじ哀《あわ》れだからやめてくんない？　君らフォロワー何人？」「……は？」「答えて。そこの髪赤いダサ坊から。ほら」「三百「すっくね！　すっっっっっっくねっ！　じゃあ次岸田賞！　何人いんの」「二千「ほらもう桁《けた》ちがうじゃ〜ん！　恥ずかしい恥ずかしい！　どのレベルの小競《こぜ》り合《あ》い聞かされてんのまじ。哀れすぎ。わたしフォロワー九十万人いるから！　九十万人！　まじ桁ちがうどころの騒ぎじゃないから！　あんたらが狭い狭い東京ローカルの劇場でキャッキャしてる間にわたしは全国の老若男女相手に商売してん「でも未成年不「うるさいうるさいうるさいもう分かってるからもう死ぬからそれ言うなつってん「バズっただけでしょ」「はぁ？　今なんつっ「だから咲本さんは、バズっただけでしょ？　たまたま世間に見つかっただけなのに、なんでそんなに偉そうなの？咲本さんは何か賞を獲ってるの？　芸術として評価されてるの？　運よく世間に見つかって、大衆のおもちゃにさ「お前まじ何ほざいてんだクソ喪女《もじょ》が。大衆乗りこなすのがどんだけむずくて心すり減らすか分かってないだろ。狭いぬるいキショい仕事ばっかしやがっ「さっきから狭い狭い言ってくるけど、べつに東京だけで上演してるわけじゃないからね。地方ツアーも一回やったし。各地域で演劇という文化は根付いているし、なんなら全世界「黙れよ。基本東京だろ。下北《しもきた》とかまじ街ごとキショいんだよ。大学生のセックスみたいな空気が街に充満してまじ歩いてるだけで鳥肌「咲本さんは昔そういう空気にどっぷり浸かってた側なのに、つまらないセックスを十代後半から二十代にかけて腐るほどしてきたのに、というか今もしてるだろうに、売れたからって、そんなこと言うんだ。下北沢《しもきたざわ》、良い街だよ。あなたがバカにしていい街じゃないよ。中途《ちゅうと》半端《はんぱ》に大人になるのがいちばん恥ずかしいね。というかバカにしていい街なんて、この世のどこにもないからね。刺激が強いだけの低俗な悪口で世間に持《も》て囃《はや》されて、それを自分では尖ってるとかほくそ笑んでて、本当に滑稽だね。テレビ、楽しい？　華やかなだけで、中身スカスカの業界は楽しい？　空っぽの咲本さんにはお似合「だっさ！　だっっっっっさっ！　浅いイメージだけで物言うのやめてくんない？　つーかまじ舞台だけやってるやつらはテレビのことバカにしすぎなんだよ！　ただのサブカルのくせに高尚ヅラすんなバーーーカ！　上辺では映像も大変そうとか言いながら本心では舞台がいちばん上って思ってんのが透け透けなんだよまじ演技下手くそだなつーかそんなん言いはじめたら芽以ちゃんだってそうじゃんか！　ねぇ！　そうじゃん！　見つかっただけじゃん！　劇評家とか演劇オタクに、たまたま見つかっただけじゃん！　一緒じゃんっ！　わたしはちゃんと、全国民に見つかってっから！　舐めんなっ！　お前も見つかっただけのくせに偉そうにすんな！　規模が違うの規模が！　そんなんで木村くん好き好き尊敬なんで死んじゃったの私がおれがおれがってまじ笑わせん「咲本、演技下手になっ「お前にだけは言われたくねぇぇぇぇぇ「庭田くんはそれ言う資格ないけど、でもほんとに咲本さん、下手になったよね。罵り美女だかなんだか知らないけど、分かりやすいキャラクターで売れて、こうすれば世間が喜ぶっていうショートカット覚えて、楽してる。前はもっと、繊細で深みのある演技してたでしょ。あの頃の咲本さんどこ行っちゃったの？　舞台と違って映像はいろいろ誤魔化「あーあーあーあーもういいもういいもうそれ聞き飽きたマイナーはすぐそうやってメジャーを浅い視座でディスってくんだよ一回も映像演技したことないくせに偉そうなこと言うなクソっ！サブカルがそんな偉い？　マイナーがそんな偉いのかよ！　国から助成金もらってるくせに偉そうなこと言わないでくんない？　商売として成り立ってないんだよ！　基本バイトしないと食ってけないってそれ職業として間違っ「それはギャラ交渉をうまく出来てないだけで、単価が上がればちゃんと舞台だけでも「黙れよ！　知らない！　そんなしょっぱい話は！　まじ聞いてて恥ずかしくなるから黙ってて！　せめてフォロワー十万人超えてから言っ「逃げてるだけでしょ。演劇から」「逃げてない！　もうやる必要ないだけ！　演劇なんてもう「咲本さんはさ、私と庭田くんのこと、木村くんに囚われて演劇続けてるってバカにしてくるけど、咲本さんみたいに演劇から逃げ回ってるよりよっぽど健全じゃない？　咲本さんよりずっと、木村くんの死とまっすぐ向き合「だからなんで演劇続けてるほうが偉いんだっての！　ちんたら一ヵ月も二ヵ月も稽古してさぁ、ドラマの過密スケジュールで仕事したことないっしょ？　お前は撮影のストレスで全身蕁麻疹《じんましん》出て病院運ばれたことあんのか？　これを何百万人が観るんだろうってプレッシャーで何回撮っても瞼《まぶた》が痙攣《けいれん》しちゃって死ぬほど撮り直して未成年の俳優さん帰さなきゃでスケジュール遅延して周りの大人が自分のせいで頭下げまくってる光景見たことあんのか！　自分だけが闘ってると思うな！　みんな闘ってんの！　芽以ちゃんだけが正義じゃないの！　わたしはわたしで必死にやってきたの！　だ「必死に真面目にやってきた人は、不倫とかしないと思「パワハラもしないけどね！　芽以ちゃんみたいに独りよがりじゃなくて、ちゃんと周りのこと気にしてたらそうはなんないけどね！　というか芽以ちゃんの演劇はさ、これ大学時代から思ってたけど、

『これを良いと思えないやつはセンスない』みたいな空気を作るのがやたら上手いだけで、べつに面白くな「お前ら落ち着けって、そろそろ。こんなん木村が見てたら「お前も当事者だから！ひさびさ口開けたと思ったら『落ち着け』ってなんだよふざけやがって舐めてんのかこいつ死ねよまじでさぁ！　傍観者気取んな！　もっと取り乱せよ！　お前とわたしのべろちゅーのせいで木村くん死んでんの！　逆になんでそんな落ち着いてんの？　カスなの？　おかしくない？　お前がいちばんカスじゃない？　冷静になんないでよ。せっかくわたしが呼び出したんだからさぁ、もっとちゃんと、思ってること全部言っ「言ってってけど「お前、本気になるのが怖いんだろ」「……あ？」「うん。わたしもそう思う。井波くんはきっと、本気になるのが怖いんだよね。それを木村くんのせいにしてるだけ」「んなことね「あるよ。自分の才能と向き合うのが怖いんでしょ。傷つかないように、傷つかないように、って薄目で生きてきたのを認めたくな「なんで俺がそんなこと言われな「あなたが木村くんの死から逃げ回ってる間、私はずっと、木村くんの死と向き合ってきた。木村くんの死を弔《とむら》うために、この八年を捧《ささ》げ「うっせぇな。羽鳥さんも庭田も、死んだ木村に囚われて、償いにもなんにもならない自己満足やってきただけだろ。木村が死んで気持ちよくなってんじゃねぇよ。木村はお前らが気持ちよくなるために死んだんじゃねぇんだよ。いい加「木村は！　演劇続けたくても続けらんなかったんだ！　おれが演劇やってないと！　木村は！」「急に叫ぶなよ不自然だから。もういいって。もう分かっただろ。ほんとはだいぶ前から気づいてただろ。小劇場のぬるま湯が心地よくて、抜け出すの渋ってるだけだろ。お前の言ったことくらいで、木村死なねぇって。それなのに、自分が殺したんだ、自分のせいで木村が木村が木村が、ってつまんねぇメロドラマみてぇに言い聞かせて。木村はお前が演劇続ける言い訳のために死んだんじゃねぇの。友だちに死なれたぐらいで『特別な人生』みたいな顔すんな。そんなやつ、この世に腐るほどいるんだから。お前だけじゃねぇんだよ。浸んな。気持ちよくなんな。さっと足洗「その言葉そっくりそのまま、井波くんに言いたい。井波くんが演劇から逃げ続ける言い訳に、木村くんを使わな「芽以ちゃんもだけどね！　芽以ちゃんもめちゃめちゃ木村くんに囚われまくってるけどね！　芽以ちゃんがいちば「私には囚われるだけの理由が「ないよ。芽以ちゃんは特別じゃない。ただの同期。芽以ちゃんの言動は、木村くんに傷ひとつ付けてな「違う。やっぱり私だよ。みんなの話聞いて思った。演技下手な庭田くんの戯言《たわごと》で木村くんが傷つくとは思えないし、浮気の現場見ても何も感じないだろうし。やっぱり私が、木村くんを殺したん「違くね？」「違くな「だって木村、羽鳥さんの戯曲、めちゃくちゃ評価してたし」「そんなの私に気を遣って言ってるだけだよ。木村くん優しいから」「自分が面白いともなんとも思ってない相手に負けたなら、まぁ絶望すんのも分かっけどさ。でも自分がすげぇ尊敬してる相手に負けたなら、すげぇな、自分も頑張ろう、って思うんじゃねぇの、ふつう」「尊敬？　木村くんが私を？」「してただろ。つーかやるわ。木村が免許証取りに来て、俺と咲ちゃんのあれ、見ちゃったとこから」井波が手を叩き、

木村「あ、開いてた。よかった。免許証をね、」

咲本と木村の目が合う。
木村の顔が、みるみる赤くなる。

木村「ごめん」

木村が慌てて財布を取り、部屋を出ていく。
井波は立ち上がり、咲本を置いて、木村を追いかける。
木村はエレベーターホールの前で、ボタンを押して待っている。
井波「ごめん木村、……（息が上がっている）忘れてくれ」
木村「忘れた。大丈夫。もう忘れたから。もう大丈夫」
井波「大丈夫なわけねぇだろ……そんな簡単に……忘れられるもんじゃねぇだろ……」
木村「いや、本当に大丈夫」
エレベーターの扉がひらく。
木村が乗り込み、井波も続く。
木村はロビー階のボタンを押す。

木村「井波くんも来るの？　コンビニ」
井波「行かねぇけど……いろいろ釈明したいし、謝りてぇし……つかなんかノリでそんな雰囲気なっちゃってたけど、別に浮気とかじゃなくて、なんつーか、」
木村「だから、もう大丈夫だって。ほんとに僕、気にしてないから」
井波「それは、木村が優しいから、そう言ってくれてるだけっしょ？」
木村「いや、本当に。（声音を明るくし）そうだ、ちょっと手短に、相談してもいい？」
井波「あぁ？　何を？」

木村「走って疲れたから、休憩ついでに、ちょっと」
ロビーに到着する。
木村がソファに座り、隣を手で示す。
井波は戸惑いつつ、並んで座る。
木村「卒業公演のことなんだけど、」
井波「……あぁ」
木村「戯曲を、変えようと思って」
井波「……ん？　変える？　直すってことじゃなく？」
木村「うん。まったく別の戯曲を、やろうと思って」
井波「え？　なんで？　今日読み合わせした本、よかったじゃん。あれでよくね？」
木村「うーん。ちょっとやってみて、しっくりこないというか、みんなにとってベストではないかなって。庭田くんとか、読んでてつまんなそうだったし」
井波「あぁー、いや、そうかもしんねぇけど……。つーかこれ、みんなの前で提案したほうがよくね？」
木村「先に井波くんの意見を聞きたくて。僕、井波くんのバランス感覚を信頼してるから」

井波「えー。……俺は別に、今のままでいい気がするけど。面白いし」
木村「ちょっと考えがあって」
井波「おう」
木村「羽鳥さんの戯曲を、脚色したくて」
井波「あ？」
木村「僕らが二年になってすぐの新人公演で、羽鳥さんの戯曲と僕の戯曲どっちがいいか、投票になったことあったでしょ？」
井波「……らしいね。俺そんときまだ、劇研入ってないけど」
木村「あ、そっか」
井波「うん」
木村「まぁとにかく、そういうことがあって。そのときは僕のほうが票を集めたから、僕の戯曲を上演することになったんだけど、そこで上演されなかった羽鳥さんの戯曲を直して、卒業公演でやるのはどうかなって」
井波「え、なんで」
木村「僕、羽鳥さんの戯曲、好きなんだよね。粗削《あらけず》りで難解だから評価されにくいけど、言葉に対する感覚は、僕より遥《はる》かに優れてると思う」
井波「……まぁあれだよな。なんつーか、詩的でかっこいいよな」
木村「だから羽鳥さんの戯曲の、お客さんに伝わりづらい部分を僕が直して、卒業公演でやるのが、みんなにとってベストかも、って。羽鳥さんの書く台詞なら、庭田くんも思いっきり演技出来て楽しいだろうし」

井波「いいかもしんないけど、俺その、当時の羽鳥さんの戯曲読んでないから、どれぐらい良いのかよくわかんねぇんだけど」
木村「すっごく良いよ。僕あのとき、自分の戯曲じゃなくて、羽鳥さんの戯曲に投票したし」
井波「まじで？」
木村「うん。悔しいけど、客観的に見て自分の戯曲より優れてると思ったから、羽鳥さんに入れた。みんな難解さに怯《ひる》んだのか、なぜか僕が勝っちゃったけど」
井波「それ、羽鳥さんに伝えた？」
木村「伝えてない。だって勝った側がそんな言葉掛けるの、嫌みっぽくない？」
井波「そうかぁ？」
木村「うん。でも、せっかくの卒業公演だから、自分のオリジナルを上演したい気持ちもまだ捨て切れないし、僕が戯曲を手直しするとか羽鳥さん嫌がるかもしれないし、まだ悩んでて」
井波「……なるほどな」
木村「そろそろ行かなきゃ。（立ち上がり）ありがとう。話聞いてくれて」
井波「俺も行ったほうがいい？　コンビニ」
木村「大丈夫（笑う）。さっきの件、もう少し悩んで、自分の中で結論出たら、みんなにも相談してみる（出口に向かって駆け出す）」
井波「おう。（軽く手を挙げ）またな」
芝居が止まる。
井波は手を差《さ》し伸《の》べるように、羽鳥を見つめ「こんなこと言ってるやつが、羽鳥さんに負けて茶化されたことが原因で、自殺すると思うか？」

「……するでしょ」拒むように、羽鳥は目を逸らす。

「本当にそう思うか？　だって木村、羽鳥さんのこと、自分より言葉の才能があるってずっと認めてたんだぞ？　そんな相手に負けて、言い方あれだったからその場ではムカついたかもしんねぇけど、死ぬってことはなくねぇか？　さすが羽鳥さんだな、僕も頑張ろう、って後から思うのが自然じゃね？」

羽鳥は目を閉じる。

首を振る。

「違う」

「違くねぇって。木村きっと、これからも羽鳥さんと切磋琢磨《せっさたくま》してこう、って思ってたって」

「違う」

「認めろって」

「違う」千切れそうなほど、強く首を振る。「違う」

「羽鳥さんは木村を殺してない」

「違う」

「木村が死んだことと、羽鳥さんは何も関係がない」

「違う」

「木村を殺した責任なんて、最初からどこにもない。木村のために演劇を作る必要なんて、どこにもない」

「違う！」声が高く軋み「違うの！」息が熱く乱れ「私が木村くんを殺したの！　だから私が木村くんになるの！　ならなきゃいけないの！　私が木村くんを殺したせいで生まれなかった、凄い演劇をたくさんたくさん上演しなきゃいけないの！　だから俳優にひどいことも言ったの！　私が木村くんを殺したの！　そのために ずっと生きてきたの！　そのためだけに私、生きてきたの！　だから違うの。そんなわけないの。この罪がなかったら、この罪が嘘だったら、私の八年はなんだったの？　私の人生はなんなの？　私はなんのために生きてきたの？」

「自分のためだよ」

「違う」

「木村じゃなく、羽鳥さん自身のために、羽鳥さんはずっと生きてきた」

「違う」

「そんで明日からも、羽鳥さん自身のために、羽鳥さんはずっと生きてくんだよ」

「違うって……」

羽鳥の目から、涙がとめどなく溢れ、耳をつんざくような咆哮《ほうこう》がとどろく。

産声《うぶごえ》さながらに泣き叫ぶ羽鳥を、井波と庭田と咲本は身じろぎもせず、ただ、見つめる。

羽鳥が元の呼吸を取り戻すまでに、長い時間が掛かり、

「結局、おれのせいってことか」

涙に洗われたような静寂を、庭田が破る。

「おれが木村を、殺したってことか」

「「それはない」」羽鳥と咲本の、声が重なり「だからまじ何回も言ってってっけどさ、」咲本が面倒そうに続け「庭田くんの演技が下手だって木村くんめっちゃ遠回しに伝えてたし、まぁイラっとはきたかもしんないけど、それで死ぬってことは絶対ないっしょ。今日演じてみて、それは明らか」

「いや、でも、」

「でもじゃない。調子乗んな。庭田くん今後一切、『おれが木村を殺した』禁止ね」咲本はグラスに烏龍茶をなみなみ注ぎ、羽鳥と井波に目を遣り「芽以ちゃんも、井波くんも禁止ね。わたしももう言わない」グラスの中身を、喉を鳴らして飲み干す。

「でも、そうなってくるといよいよ、」庭田が窓を閉め「なんで木村死んだか、分かんなくね？」

「璃佳ちゃんはなんて言ってるの？」羽鳥が訊く。

「璃佳ちゃんもういないから」咲本がだるそうに返す。

「一人っ子だよな？　木村、たしか」

「うん」咲本が頷き「そう言ってた」

「つーか咲ちゃん、いつチェックインしたんだよ」

「え、花火買いに行った帰り」きょとんと井波を見返し「気づいてなかった？」

「……あー、そうか」

「おれは咲本から鍵もらったとき気づいた」庭田がドヤ顔を見せ「そのためにひとりで、花火買い行ったんだなって」

「ちなみに稽古場は、予約の電話したとき『二時から自由に使っていい』って言われてたから、旅館着いていきなり直行しちゃった」

「つか咲本ビール零したの拭けよ」

「え〜もう乾いたっしょ〜」へにゃっと笑い「ＣＭとか全部切られるんだろうなぁ〜。でももう全部どうでもいいや〜。海外でも移住してテキトーに暮らすかぁ〜」

「木村、なんか悩みあったんかな」井波が話を戻し、深刻そうな顔を作り「自殺まで考えるような、俺らにも言えない悩みが」

「恋愛で悩んでたってことはねぇの？」

「だから恋愛感情なかったたって話じゃん」

「それ自体が悩みって可能性ねぇかな」

「……ん？」

「人に恋愛感情を抱けないことが、悩みだったんじゃ、っていう」

「んー、」羽鳥が唸り、顔を上げ「それはない気がする」

「なんで？」

「木村くんと何度かその話題になったことあるけど、今は演劇のこと考えるので忙しいから、別にいいや、って。もしかしたら将来それで悩むかもしれないけど、急に好きな人できるかもしれないし、今は別に、って。だからそれが原因で自殺するってことは、おそらくない」

「なるほど」井波は少し誇らしげに苦笑し「木村、演劇大好きだったもんな。まじで」

「木村くんが卒業公演の台本変えるかもって話、」咲本が真剣な面持ちで「わたしと芽以ちゃんが部屋引き揚げてからも、結局出なかったんだよね？」

「あぁ」井波が首肯し「解散して男三人残ったあとも、その話出なかったわ」

「結局木村、自分の戯曲でいくことに決めたんかな」

「どうだろうなぁ」井波は首をひねり「まだ木村の中で、悩んでる最中だったのかもな。木村、悩むときはとことん悩むタイプだし」

「そっかぁ〜」

「今思うと、」羽鳥が眼鏡を外し、レンズの両面を丁寧に拭い「庭田くんが電話で部屋出てたときの木村くん、その話しようとして止めた雰囲気だったよね」再度装着する。

「あーたしかに。そういやさ、羽鳥さんの戯曲ってどんなんだったの？」井波がグラスに残った酒をこそっと飲み「新人公演で、木村と争ったときの」

「どんなんって、」羽鳥が固まり、熟考するように宙を睨み「……説明難しい」

「なんか、すげぇむずかったよな？　時系列とかぐちゃぐちゃで、何起こってるか分かんない系の」庭田が渋い顔で「言葉はかっこいいんだけど」

「わたしも当時、木村くんに票入れちゃった気がするなぁ」咲本が申し訳なさそうに「タイトルなんだっけ？」

「『冬の皿』」羽鳥が即答する。「私はもちろん、私に票を投じた」

「どんなストーリーなん？」

「どんなストーリー。どんなストーリー？　どんなストーリー……」羽鳥は俯き、座椅子の房をしばらくいじってから顔を上げ「まぁ本当はもっと複雑なんだけど、だいぶ端折《はしょ》って簡潔に説明すると、屈託を抱えた少年が、冬に河童と出会って、心を通わせる話」

「……河童？」

「本当は、この少年もただの少年じゃなくて、実は未来人なんだけど、あと心を通わせるって言っても紆余曲折《うよきょくせつ》あって、まず河童とコミュニケーションをとるために、」

「河童の話？」井波の目に力がこもり「……木村は、羽鳥さんが書いた河童の演劇を、卒業公演でやろうとしていた？」

座卓の脇に転がった、空のレジ袋を見つめていた咲本が、跳ねるように顔を上げ、

「あ」

床の間へにじり寄り、古めかしい電話の受話器を取り、数字をひとつ押し、繋がるのを待ち

「……あ、もしもし？　フロントですか？　すみませんこんなド深夜に。ちょっと聞きたいことがあって。……はい。ありがとうございます。えっと、まぁ単刀直入に言うと、河童、見たことありますか？　っていう、あ、ないですか。……はい。あ、うん、それは分かってるんです。……はい。……このへんが河童の里で有名っていうのは、はい――いやまじの河童の話をしてて。そうですそうです。……はい、具体的に。実際に河童を見たことあるかどうか、見れるとしたらいつどこで見れるか、っていう、はい。……ないですか、そうですか、ん～。……他の人いないですか？　ん～、なんかもっと、キャリア長い人。……はい。そうですね、いちばん古くからここで働いてる人に、すみませんちょっと、代わってもらえますか？　……はい、はい、よろしくお願いします」しばし待ち「あ、どうも、はい。すみませんこんな、変な時間に。えっと、――あ、そうですそうです、河童です。見たことあります？　――あ、はい、なるほど、女将《おかみ》さん自身は見たことないけど、前に働いてた人で、見たって言ってた人がいたんですね、なるほど。……え、場所とか時間とかって、……はい、はい、……はい、裏の川で、……えっそれって一階から降りられるとこですか？　お庭から。あ、はい、なるほど、……時間は？　はい、……早朝五時ごろ、はい。なるほど～。はい。はい、あ、もう大丈夫です！　……はい！　ありがとうございました～。おやすみなさ～い」受話器を置き、振り返り「分かったかも」三人の顔を、順に見回し「木村くんが、死んだ理由」

ぽっかりと、空気が弛《たゆ》んだような、間が生じる。

「……いや、」井波が釈然としない顔で「なに？　急に」

「分かっちゃった！　木村くんの、死の真相！」咲本の顔が、ほくほくと緩み「まぁ状況からの推測にはなるけど！」

「……どういうこと？」羽鳥の瞳が、怪訝そうに翳《かげ》り「説明してくれない？」

「ほぼ答え出てるけどね！　今の電話で！」

「いや、ふつうに分かんねぇって」庭田が口を尖らせ「どういうこと？　なんで木村死んだの？」

「えーっと〜、どう話そっかなぁ〜、んん〜」咲本は膝をじりじりと動かし、三人に身体の正面を向け、落語家のように姿勢を正し「今日一日、みんなと本音ぶつけ合って、木村くんを演じて、みんなが演じる木村くんを見て、確信したことがあります！」

「……何？」羽鳥が尋ねる。

「木村くんは、演劇が死ぬほど好き！」

井波、羽鳥、庭田の表情が固まる。「んなこと、」井波がおずおずと口をひらき「最初から分かってっけど、」

「そう！　木村くんは演劇バカなんだよ！　毎日毎夜、演劇のことしか考えてないわけ！　四六時中、寝ても覚めても、演劇のことを考えてた！　私とクリスマスデートしてるときも！　私と手繋いでイルミネーション見てるときも！　私がめっちゃ凝ったメイクしてめっちゃ髪セットしてめっちゃかわいい服着て木村くんと会ってたときも！」

「だから知ってるって」井波の声がざらつき「それが何」

「そう、何回だって言うけど木村くんは、演劇が死ぬほど好き」咲本は息を継ぎ「そんで結果的に、この『死ぬほど』って言葉は、比喩《ひゆ》じゃなくなっちゃった」

「はぁ？」

「読み合わせのとき、木村くんが取材について語ったの覚えてる？」

三人が視線を交わす間に、
「まぁいいや！　やっちゃお〜！」
咲本は手を叩き、声音と表情をころころと変え、そのやりとりを再現する。
井波「遊園地の短期バイト入ったん？　わざわざ？」
木村「うん。だって寂れた遊園地の雰囲気、しっかりインプットしときたいじゃない。もうほとんど授業ないし、十二月の頭に構想思いついてから二週間くらい、遊園地でバイトしてた」
羽鳥「すごい。徹底してる」
木村「作・演出は事前準備が命だからね。題材に深く潜って、いかにリアリティを高められるかだから」
井波「前も作劇のためにバイト増やしてたよな？」
木村「『袋は無しで大丈夫です』のときかな。しばらくコンビニでバイトしてたね」
庭田「UFO呼ぼうとしてたときなかったっけ？」
木村「『吸引』だね。オカルト研に手伝ってもらって。あのとき結局呼べなかったけど、本当は呼びたかったたな。実際のUFOを見て演出するのと、見ないで演出するのとじゃ、ぜんぜん違うと思うし」
井波「いや、UFOとかは別に、リアリティ追求しないでいいだろ」
木村「いやいや、ぶっ飛んだ設定ほど、リアリティって大事なんだよ」
「どうよ？」咲本が演技を解き「みんな、どうよ!?」
「いや、」庭田が戸惑いがちに「どうよって言われても」
「そんで木村くんはあの夜、」咲本は言葉を切り「冬に河童と出会う演劇を脚色しようとしてた」

羽鳥の不安げな瞳が、何かを飲み込もうとするように、ゆっくりと色を変え「……まさか木村くん、河童に会「そう！　芽以ちゃん大正解！」咲本は満面の笑みを返し「木村くんは芽以ちゃんの『冬の皿』を脚色して、卒業公演で演出することを、遅くとも花火の片付けが終わった夜九時ごろには思い付いてたわけ！　ほんでべろちゅー目撃直後、井波くんにその件相談して、結局他のみんなには戯曲の変更までは提案せず、布団に入った、と」

「……あぁ」井波が力なく頷く。

「木村くん、まじで寝ても覚めても演劇のことばっか考えてるからさぁ、たぶん普段とは違う布団であんま寝付けなくて、その日の稽古のこと思い出しながら、ぐるぐるぐるぐる考えちゃったんじゃない？　――やはり卒業公演では『冬の皿』を脚色するのがベストじゃないか？　しかし脚色するにしても、取材はしておきたい。公演は三月。間に合うか？　東京に帰って、取材して、脚色して、稽古して……間に合うか？　そういえば、雛月温泉は河童の里らしい。宿を予約するとき、裏手の川で河童の目撃情報があったという評判を見た。たしか朝五時ごろ。もし実際に河童と出会い、その感触を戯曲と演出に反映させれば、もの凄い舞台に仕上がるんじゃないか？　仮に河童と出会えなくても、河童を捜しに行ったという経験こそが、作品のリアリティを格段に押し上げることに繋がるんじゃないか？　誰も観たことのない、真に迫った劇を上演できるんじゃないか？」

咲本はそこでまた言葉を切り、膝に置いた拳をぎゅっと握り、

「そうして木村くんは、明け方に布団を抜け出して、自ら川に入っていく。冬の川は冷たく、体温と体力を急速に奪う。木村くんは川の流れに身をさらわれ、そのまま――」間を置く。真面目くさった顔で、ゆっくり、ひとりずつ、目を合わせていき「これが真相！」ほどけるように、に

かっと、無邪気に笑い「どう？　名探偵・咲本寧々！　めっちゃよくない？　めっちゃそれっぽくない？　いつか探偵役のオファー来ないかなぁ～、どうかなぁ～、って、来ないか～もう二度と。ふはっ」

井波が何か言いかけるのを「もう寝るね～」と遮り、咲本が立ち上がる。「わたしもう疲れた！　寝る！　例の連絡あってから、ここ一週間くらい？　ほぼ寝れてなかったんだよね！　やっと寝れそ～！　わ～い！」まくし立てながら居間を歩き「そんじゃ！　部屋帰って寝るね！　お先～」冷たい板の間を渡り、踏込に降り「あっ、そうだ！　みんなわたしのエチュード付き合ってくれてありがとね！　まじ感謝！　まじありがと！」陽だまりに咲く花のように、のびのびと、柔らかく笑い「みんなと久々お芝居できて、超楽しかったよ～」扉を開け「おやすみ～」

5：25

夜は明けない。

風が前から吹きつけ、顔が凍《こお》ったように痛む。

丹前を羽織《はお》り、さらにチェスターコートで身を固めたが、中の浴衣は薄く、下半身が寒い。

俯き、暗い足元を見つめる。

雪を被った石を、パンプスの底で踏みしめながら、不安定な河原を進む。

次第に目が慣れてきたか、石の形がくっきりと浮かび上がる。

轟《とどろ》く風の向こうで、水の流れる音が響く。

冬の匂いを嗅ぐ。

厚い雲が垂れ込め、辺りはまだ暗い。

息を吸う。

肺が凜《りん》と冷える。

あと一歩踏み出せば、足が水に浸かる。

立ち止まり、世界を目に映す。

木村くんが死ぬ前、最後に見ただろう世界を。

一日がはじまる前の、まっさらで、冷たい、澄んだ世界を。

靴を脱ぎ、揃える。

視界の端で、何かが動く。

対岸に、人間の子どもくらいの大きさの、何かが見える。
目で追う。薄闇を、得体のしれない物体が、落ち着きなく移動している。
こちらに近づいてくる。
もう少し寄ってくれれば、姿が分かる。
もう少し。あと少し。
それは川に飛び込み、見えなくなる。
考える間もなく踏み出し、もう一歩、さらに一歩。足が濡れ、膝が濡れる。
それを追う。
腰が濡れる。
飛び込んだ場所から目を離さない。
胸が濡れる。
あまりの冷たさに、首から下を失ったように感じる。
衣服が水を吸い、重くなる。
身動きが取れなくなる。
どこ。
ねぇ。
木村くん。
爪先が、川底を離れる。
重力が身体をすり抜け、世界が流れていく。
水を被る。顔の穴の全部から、水が入り込む。

息が出来ない。

ふいに重力が戻る。

凍った五感の奥で、鈍い痛みを感じる。

背中が岩に触れている。

残った感覚を総動員し、しがみつく。

水から逃げるように顔を出し、貪るように息を吸う。

空気がうまく、肺に流れない。

視界が霞《かす》んでいく。

水面に、何かが見えた気がする。

皿のような。

あれ、そうかな。

でも、よく見えなかったな。

だけど、ちょっとだけ、摑めた。

戻ろう。

戻って、羽鳥さんの本をどう直すか、考えなきゃ。

明日も朝から稽古だ。朝ご飯を食べながら、戯曲の件、羽鳥さんに相談してみよう。

許可をもらえたら、みんなにも相談して、今の状態でいいから、とりあえず読み合わせしたいな。羽鳥さん、あの戯曲のデータ、持ってきてるかな。

眠いなぁ。

寝ちゃおうかな。

あとちょっとで朝だけど。

いっぱい考えなきゃだし、ちょっとでも寝たほうがいいよね。

良い舞台にしたいな。

「おい、しっかりしろ、おい、」庭田くんの声。「おいっ！」

どうしたの？　庭田くん。まだ起きてるの？

「ふざけんな！　おいっ！　目ぇ覚ませ！」

……あれ？

どこだ。ここ。

庭田くん、僕の身体を引っ張って、どこへ行くの？

ねぇ、庭田くん。教えて。どこ行くの？

6：31

庭田くん……、河童……、稽古……とうわごとを繰り返していた咲本の目に「……ん？」光が灯《とも》る。

「んんっ？　あれっ？」毛布にくるまったまま、落ち着きなく部屋を見回し「ん？　どういう状況？　これ」

「復活した？　意識」急須《きゅうす》で淹《い》れた温かいお茶を、井波が咲本に手渡し「飲んで。とりあえず」

「あんがと」咲本は両手で受け取り、針のような息で表面を波立ててから啜り「ぬく〜、沁《し》みる〜」その頬を、羽鳥が力いっぱいはたく。

湯呑《ゆのみ》が宙を舞い、中身が零れ、咲本の胸に降りかかり「っつぅっ！　あっつぅっ！」じたばたと跳ね回り「はぁ？　はぁぁ⁉」後ずさり「え⁉」羽鳥を見据え「ちょ、え⁉」頬を押さえ「何してんの⁉　まじで何してんの⁉」

「こっちの台詞」羽鳥は低く、威圧的な声で「何してるの？」

「何って、えっ、」咲本は緑茶の染《し》みがついたフリルブラウスに目を落とし「わたしもよく、」

「起きたらいなかった」羽鳥は苦しそうに呼吸し、重く湿った視線を、咲本にまとわりつかせ「どこにもいなくて、部屋飛び出して、心臓痛くて、井波くんに電話しながら、一階に降りて。ぜんぜん見つからなくて、井波くんと庭田くんも来て、手分けして捜して。あのときと同じ。怖くて吐きそうで視界が霞んで、心臓破れそうでどくどくうるさくて、内臓全部ひっくり返りそうになりながら、転びそうになりながら、河原を歩き回って。下流に進んで、岸から少し離れた岩場に、あなたを見つけた。帯を繋いで命綱にして、冷たい水の中を、庭田くんが泳いで、あなたを抱き上げて。みんなで部屋まで運んで、お風呂場で私が、濡れた服を脱がせて、昼間の服に着替えさせて。咲本さん、ずっと、木村くんの顔してた。羽鳥さんありがとう、って、木村くんの話し方で、ずっと私に話しかけてた」咲本の瞳の奥を、深く覗き込んだまま「なんで死のうとした？」

「……死のうと、して、ない」途切れがちに答え、目を逸らし「死のうとは、してない」

「じゃないと川入ったりしねぇだろ」庭田が暗く滾《たぎ》った声で「なんなんだよお前。木村と同じ死に方しようとして。ふざけんなよ。悪趣味にもほどがあるだろ」

「違うの！」咲本は俯いたまま声を荒らげ「そうしたかったわけじゃないの！」

「はぁ？」庭田の眉が、ぴくんと持ち上がり「じゃあなんで部屋抜け出して、川入ったんだよ。

答えろよ」

「知らないっ！　わかんないっ！　そんなんわかんないよっ！」火花が散るように、喉から言葉が溢れ「わかんないっ！　わかんないの！」震える拳を、腿に打ちつけ「わかんない！　だってわたし、木村くん死んで、木村くん、わたし、木村くん、死んじゃって、あぁっ！　あぁぁっクソっ！　わかんない！　ぜんっぜん説明できない！　とにかくわたし、あぁ、そうだ、確かめたくて！　木村くんの気持ちがわかんないから！　推理はしたけど本当のとこはわかんないから！　木村くんになろうとして！　って言ってるけど、ちがうかも！　死にたかっただけかも！　最後の最後までわたし、木村くんを言い訳に使おうとしてるのかも！　でも、でもね！　好きだったの！　なんだかんだわたし、木村くん好きだったの！　顔もだけど、顔以外も、木村くん、大好きだったから、たぶん木村くん死んで、悲しくて、悲しくて、ずっと、嬉しかったの！　嬉しかったの？　何言ってんのわたし。もうダメだ自分でももう、なに言ってるかわかんない！　けど！　わたしがバカすぎるせいで木村くん死んだけど、わたしがしたことが、木村くんの死に繋がって、それって特別なことで、一回きりのことで、だから、つまり、ってカスみたいなこと言ってる？　言ってるね？　人死んでるのに？　って知らないけど、まぁ結局わたしのせいじゃなかったんだけど、だから特別とかじゃぜんぜんなくて、でもでも、とにかく、」

「咲ちゃんさ、」口を挟む井波を、

「黙って聞いてて！」絶叫で封じ「わたし今たぶん、人生でいちばん、一生懸命しゃべってるから！　ごめんけど最後まで聞いて！　お願い！　思考ぜんぶダダ洩《も》れであれだけど、ちゃんと、それで、わたし、だから、木村くん、自殺じゃなかった！　わたしわかった！　死のうとしてみて、木村くんになってみて、わかった！　演じてみて、わかった！　木村くん、ただただ良い舞台つくりたくて、川入ったんだと思う！　河童に会いたくて！　それで川、入ったんだ、って、でもわかんない！　ごめんわかんないや！　やっぱぜんぜんわかんないっ！　木村くんの本当は、わたしにはどう頑張ってもわかんない！　わかりたいけど、わかんない！　わかんないや！　ごめん！　わたしも死のうとしたのかも！　木村くんもわたしも、死のうとしただけなのかも！」咲本の目から、栓を開けっぱなしにしているみたいな涙が流れ、口には爽《さわ》やかな笑みが浮かび「ごめんね！　やばいね今日ずっとまじ情緒どうかしてんね！　死にたいだけかも！　みんなをわたしの自殺に付き合わせただけかも！　なんなら過去遡《さかのぼ》って、木村くんもわたしの自殺に付き合わせちゃってたのかも！　はぁ？　どういうこと？　なに言ってんのわたし？　あぁぁぁっもうっ！　わかんない！　わっかんないっ！　でもそういうことなのかなぁ！　わたしもう、生きてても何していいかわかんないし！　仕事全部なくなんだろうし！　離婚とかすんだろうし！　死にたかったのかも！　確かめたかった、とか言って、ただ死にたかっただけかも！　あれこの話さっきした？　わかんない！　木村くん、わかんないっ！　わかんないや！　わたしなに考えてるの？　わたしなにしてたの？　わたしなんのために生きてんの？　わたし生きてんの？　わかんないっ！　なんもわかんないっ！　わたしはわたしのことが、いちばんなんもわかんないっ！　わたしなんなの？　わたしのわたし、どっかいっちゃった？　いろんな役入れて降ろして入れて降ろして入れて降ろして入れて降ろしてってしてたら、わたし、わたしのこと、ぜんぜんなんもわかんなくなっちゃった」

満面の笑みで泣き崩れる咲本を、羽鳥が強く抱きしめ、

「じゃあ私が理解する」

耳元で囁《ささや》く。

「……へ？」

「私があなたを、理解する」声を薄く震わせ「あなたが出来ないなら、私がする」

「……なんで？　どゆこと？」

「演劇は、他者理解の芸術だから」

咲本の肩に、羽鳥は顔をうずめ、

「私はこれから、全身全霊で、あなたを理解する。私はこれから、木村くんのためじゃない、私のための演劇を作る。自分を理解して、あなたを理解して、私の人生を始め直す。だから、付いてきて。一緒に演劇やらない？　咲本さん、私には、やっぱりあなたが必要」

「……また告白？」

「そう、告白。八年ぶりの」

咲本も羽鳥の肩に顔をうずめ、お互いの身体に、直接言葉を流し込むみたいに、

「……こんなヨゴレ女優誘っちゃって、本当に大丈夫？」

「メジャーじゃないから大丈夫。東京ローカルだから。スポンサーとかいないから」

「……パワハラは、もうしない？」

「しない。死んでもしない。私は残りの人生を、他者を理解することに費やす。私は逃げない。誰かを完璧に理解するのは無理でも、無理と分かっていても、私は一生諦めない。それが演劇だ」

「わたし、死ぬほど悪口言っちゃったけど、大丈夫？」

「私も死ぬほど悪口言ったから大丈夫」

「クソ喪女とか言っちゃったけど、大丈夫？」

「それは別に、ダメージ浅い。もっと深く傷ついたのが山ほどあったけど、大丈夫。傷ついた分

だけ、あなたを理解できたと思う。八年ぶりに会って、確信した。やっぱり私は、あなたの演技が好き」

「……芽以ちゃん」

「でもそうか、咲本さんは、『これを良いと思えないやつはセンスない』みたいな空気を作るのがやたら上手いだけの演劇、には出たくないか」

「ちがうの！　あれは嘘！　あれはむしゃくしゃして、誰でもいいから心を抉《えぐ》ってやりたくて言っただけだから！　ほんとはそんなこと、これっぽっちも思ってないよ！」

「まっすぐにそんな、カスみたいなことを」

羽鳥が低く笑うと、くすぐったい震えが伝わり、咲本はきゃひっと声を漏らして身をよじり、肩から顔を剝がす。

井波は呆れたような、清々したような顔で笑い、二人を眺める。

庭田は燃え尽きたように放心し、窓の外に目を向ける。

羽鳥がまた、渾身の力で、咲本を抱きすくめる。

頬と頬が、ぴたりと触れる。

やっと昇ってきた太陽が、乾きかけた涙の跡を、しらじらと照らしている。

照明が、一度落ちる。

のっぺりとした白いライトが点き、咲本、羽鳥、庭田、井波の四人が、ゆっくりと立ち上がる。

四人はそそくさと動き、舞台前方で一列に並び、深く頭を下げる。

世界が張り裂けるみたいな、万雷の拍手が鳴り響く。

もし、まだ、手があったら、実体があったら、僕も拍手できたんだけどなぁ。

お客さんの膝に、ぺらぺらのパンフレットが載っている。

『死んだ木村を上演』

【会場】啓栄大学　射乃川《いのがわ》キャンパス　中ホール

【作・演出】羽鳥芽以

【出演】

ニワタ　　庭田悠成

サクモト　咲本寧々

イバ　　　井波郁人

ハトリ　　羽鳥芽以

どうも。羽鳥です。普段は服部冥という名前で、劇団自由畑というカンパニーの主宰をしています。パンフにコメントをだらだら書くのは愚の骨頂、演劇人なら舞台上の所作だけですべてを表現してみろやというスタンスゆえ、自分の劇団では絶対こんな長々コメント書かないのですが、今回は事情が事情なので、公演の趣旨説明を、少しだけ。

今から約八年前の2016年1月10日、劇研の合宿中に、同期の木村くんが亡くなりました。状況から自殺と判断され、報道もされたので、特に劇研関係者の中には、この件を記憶してらっしゃる方も多いんじゃないかな、と思います。

で、そこから八年。合宿をともにした同期四人は散り散りになり、それぞれの人生を送ってきたわけですが、２０２４年が明けた頃、まぁなんやかんやあって、木村くんの死の真相を改めて探ることとなりました。

その成果が、今からお見せする演劇です。

本当にあったことです。

会場は、みんなで卒業公演を上演するはずだった射乃キャンの中ホールを、井波くんがバッチリ押さえてくれました。やっぱ仕事できるね。

木村くん、観てる？　ご覧の通り、みんなズタボロだけど元気だよ。戯曲も演出も、木村くんに負けないよう、普段以上に頑張ったよ。稽古場では、みんなに優しくしたよ。みんなも頑張ってくれたよ。関係者席、ちゃんと空けてあるから、絶対観に来てね。約束だよ。

とか、さすがにだらだら書きすぎた。ダサくてすまんね。

上演します。皆さん、楽しんでいってください。


観てるよ！　と伝えたい。

最高だったよ！　と伝えたい。

拍手が鳴り止まないから、四人がまた袖から出てきて、さっきよりも深く、頭を下げる。

あぁ。

そっか。

僕もだったんだ。

僕も、みんなから、離れられなかったんだ。
ごめんね。
ひとりで、死んじゃって。
いつかまた、みんなで、演劇しようね。
絶対だよ。
天国の良い劇場、気長に探しておくね。
それじゃあ。
またね。
拍手が鳴り止んだら、

金子玲介（かねこ・れいすけ）
1993年神奈川県生まれ。
慶應義塾大学卒業。
「死んだ山田と教室」で
第65回メフィスト賞を受賞。
他の著作に『死んだ石井の大群』がある。

本書は書き下ろしです。
※この物語はフィクションです。
実在するいかなる個人、団体、
場所などとも一切関係ありません。

装画＝POOL
装幀＝川名潤

死《し》んだ木《き》村《むら》を上演《じょうえん》
2024年11月11日　第一刷発行

著者　金《かね》子《こ》玲《れい》介《すけ》
発行者　篠木和久
発行所　株式会社講談社
〒112-8001 東京都文京区音羽2-12-21
電話　出版　03-5395-3506
販売　03-5395-5817
業務　03-5395-3615

本文データ制作　講談社デジタル製作
印刷所　株式会社KPSプロダクツ
製本所　株式会社国宝社

定価はカバーに表示してあります。
落丁本・乱丁本は、購入書店名を明記のうえ、小社業務宛にお送りください。
送料小社負担にてお取り替えいたします。なお、この本についてのお問い合わせは、
文芸第三出版部宛にお願いいたします。

ISBN978-4-06-537620-1 N.D.C.913 223p 19cm